典籍中的诗赋词曲

的 刘安琪 编著

中国华侨出版社

·北京·

图书在版编目（CIP）数据

典籍中的诗赋词曲 / 刘安琪编著. — 北京：中国
华侨出版社, 2023.4
ISBN 978-7-5113-8954-1

Ⅰ.①典… Ⅱ.①刘… Ⅲ.①古典诗歌—诗歌欣赏—
中国 Ⅳ.①I207.22

中国版本图书馆CIP数据核字（2022）第251442号

典籍中的诗赋词曲

编　　著：刘安琪
出 版 人：杨伯勋
责任编辑：刘晓静
封面设计：薛　芳
经　　销：新华书店
开　　本：710mm×1000mm　　1/16开　　印张：16.5　　字数：228千字
印　　刷：艺通印刷（天津）有限公司
版　　次：2023 年 4 月第 1 版
印　　次：2023 年 4 月第 1 次印刷
书　　号：ISBN 978-7-5113-8954-1
定　　价：49.80 元

中国华侨出版社　　北京市朝阳区西坝河东里77号楼底商5号　　邮编：100028
发行部：（010）64443051　　传　真：（010）64439708
网　　址：www.oveaschin.com　　E-mail：oveaschin@sina.com

如发现印装质量问题，影响阅读，请与印刷厂联系调换。

序言

中国文学有着数千年的悠久历史，不管是近现代文学还是古代文学，都以自身独特的方式影响着一代代中国人，这些文学作品也在世界文学宝库中散发着独特的光芒。

诗词歌赋是古代文学中的主体部分，它们活跃在不同的历史时期。诗词歌赋中，诗歌首先出现在人们的视野当中，春秋时期，中国第一部诗歌总集《诗经》问世，它收录了从西周初年到春秋中叶的311首诗歌（其中包含6篇笙诗）。到了战国时期，《楚辞》作为一种新的诗体开始兴盛起来。《楚辞》与《诗经》被视为诗歌史上浪漫主义与现实主义的两大源头。

随着《楚辞》的出现，另一种文学体裁辞赋诞生了，汉代是辞赋的大兴时期，这一时期涌现出很多赋家和优秀的赋作，如贾谊的《吊屈原赋》，司马相如的《子虚赋》与《上林赋》，班固的《两都赋》等都是脍炙人口的作品。在魏晋南北朝时期，辞赋这种形式逐渐朝"骈体化"的方向发展，也逐渐从"体物"的大赋向抒情小赋转变。

到了宋代，统治者开始推行重文抑武的国策，这也为文学带来了新的发展，在这一时期，诗歌与辞赋悄然退场，词这一体裁开始大放异彩。宋代不仅词家词作数不胜数，名家词集更是层出不穷，如柳永的《乐章集》，辛弃疾的《稼轩长短句》和李清照的《李易安集》等。

不过，正所谓盛极必衰，元明清时期，宋词开始黯然失色，不过，杂剧和戏曲以迅雷不及掩耳之势，迅速地占据了古代文学中的主流地位。这一时期，数不清的名家和作品如繁星般照亮整个文学界。关汉卿的《窦娥冤》，王实甫的《西厢记》，汤显祖的《牡丹亭》和孔尚任的《桃花扇》，都是戏曲中的不朽名篇。

诗词歌赋是中国传统文化中的精髓，为了增强文化自信，为了提高国家文化的软实力，我们每个人都有必要了解中华传统文化，接受人文精神的熏陶，而了解古代文学中的诗词歌赋不失为一个有效的途径。基于上述考虑，笔者编写了这本《典籍中的诗赋词曲》，书中对诗词歌赋的历史来源、文体特点、名家作品、相关典故等内容都做了一个详细而全面地解读。下面，就让我们一起翻开这本《典籍中的诗赋词曲》，一起来感受中国传统文化的魅力吧！

目 录

第四章　中华诗歌中的典故

第二篇
赋

第一章　中华辞赋的起源与发展

第二章　中华辞赋知识

第三章　中华辞赋名家

第四章　中华辞赋名作

第一章　中华曲词的起源与发展

第二章　中华曲词知识

第三章　中华曲词名家名作

第四章　中华曲词中的典故

第四篇
曲

第一章　中华戏曲的起源与发展

第二章　中华古典戏曲知识

第三章　元代戏曲名家名作

第四章　明清传奇剧名家名作

第五章　多姿多彩的现代地方戏

第一篇

诗

第一章　中华诗歌的起源与发展

第一节　中华诗歌的源头

【典籍溯源】

> 诗，言其志也；歌，咏其声也；舞，动其容也；三者本于心，然后乐器从之。
>
> ——戴圣《礼记·乐记》

《礼记》又名《小戴礼记》，成书于汉代，相传为西汉礼学家戴圣所编。《礼记》是我国古代一部重要的典章制度选集，共二十卷四十九篇，是研究先秦社会的重要资料。

早期，诗、歌与乐、舞是合为一体的。诗即歌词，在实际表演中总是配合音乐、舞蹈而歌唱，后来诗、歌、乐、舞各自发展，自成一体。

【诗歌文化】

《说文解字》中对"诗"字是这样解释的：诗，志也。从言，寺声。书之切。

诗是人们用来言志的一种方式，其本意是把诗人心中的思想通过凝练的语言表达出来。诗是一种文学体裁，也是按照一定的音节、声调和韵律，将诗人的情感世界表现出来的形式。

抒发情感是诗歌最大的特点，古代文人或乐观旷达，或忧郁愤懑，或风流倜傥，当他们的情感无处宣泄时，就会将情感寄托在诗歌之中，一首首经典的诗歌也就因此诞生了。可见，感情是诗的主要内容，抒情就是诗歌的本质。

诗人借助意象抒情，古诗中常见的意象有月亮、流水、梅花、蝉、杨柳等。比如古人要表达思乡之情时，通常是比较含蓄的。他们不会直接说"我好想家，我要回家"，而是说"露从今夜白，月是故乡明"。同样，古人赞美高洁的品质时，常用梅花、蝉等意象来代表，比如"遥知不是雪，为有暗香来""居高声自远，非是藉秋风"。

诗歌是源自生产劳动的一种创作，《吴越春秋·勾践阴谋外传》中记载了一首名为《弹歌》的二言诗，诗中写"断竹，续竹，飞土，逐宍"，其大意是人们砍断竹子，连接竹子，弹出泥丸，追捕猎物。这首诗描绘的是古人狩猎的过程，从诗的内容可以看出，当时人们的狩猎方式还是比较落后的，所以，很多学者都认为这首诗歌应是上古时期的歌谣。

此外，我们还可以从最早代表"诗"字的符号来探寻诗歌起源。诗字的符号 看起来像是在祭祀当中伴随着的某些动作或是音乐，可见诗歌的起源应与祭祀活动有一定的联系。远古时期，人们很容易对自然界产生崇拜之情，对那些他们无法解释的风雨雷电现象，以及动物力量的敬畏，催生出人们在祭祀时所唱的颂歌。

依据《吕氏春秋·古乐篇》所记载的"昔葛天氏之乐，三人操牛尾，投足以歌八阕"，我们可知，早期的诗歌诞生与音乐、舞蹈具有一定的联系。这一点从《诗经》中也可以得到验证，因为《诗经》中的作品几乎都是配上乐曲供演唱使用的。

诗歌根据不同的形式，大致可分为"古体诗"和"近体诗"两类。

古体诗的发展经过了以下的几个阶段：《诗经》——《楚辞》——汉乐府——魏晋南北朝民歌——建安诗歌——陶诗等文人五言诗——唐代的古风、新乐府。近体诗于唐代开始，也兴盛于唐代，其中最常见的是绝句和律诗。

诗是诗人抒发感情，用高超的语言艺术来歌唱生活的表现方式。古诗具有韵律美、意象美和抒情美，这也是古诗在人们心中拥有崇高的地位的原因。

【知识延伸】

《诗经》简介

《诗经》是我国第一部诗歌总集，其中收集了西周初年至春秋中叶的诗歌，共311篇（其中含6篇笙诗）。《诗经》在先秦时期称为《诗》，或取其整数称《诗三百》，古代学者们曾多次提及过这个称呼，例如，孔子曾言："《诗》三百，一言以蔽之，曰：'思无邪'。"司马迁在《太史公自序》中亦曾言："《诗》三百篇，大抵贤圣发愤之所为作也。"汉武帝时期，《诗》被当作经典，尊称为《诗经》，列为"五经"之一。

第二节　建安诗歌与汉魏乐府

【典籍溯源】

　　　　观其时文，雅好慷慨，良由世积乱离，风衰俗怨，并志深而
　　　　笔长，故梗概而多气也。

——刘勰《文心雕龙·时序》

　　《文心雕龙》是南朝文学理论家刘勰所著，其书有十卷，共五十篇，分为上下两编，书中包含四个主要部分，分别是总论、文体论、创作论和批评论。《文心雕龙》是中国最早的一部文学批评著作，作者在书中总结了先秦以来的文学创作经验，并提出了自己独到的文学见解，对后世的文学创作产生了深远的影响。

　　刘勰对建安诗歌给予了很高的评价，称其"慷慨激昂"。建安诗歌风格与汉末的社会现状是分不开的。当时，社会动荡不安，风气衰落，建安文人便执笔书写了一篇篇慷慨悲歌。

【诗歌文化】

　　汉魏时期，诗歌的形式主要是"乐府诗"。乐府本为古时候的音乐机关，始设于秦，是专门负责管理乐舞演唱教习的机构。汉武帝时期，乐府的职能有所改变，主要负责收集民间诗歌并为其配乐，乐府编成的乐曲通常用于朝廷的祭祀或者宴飨。以这种方式收集整理的诗歌，就被称作"乐府诗"。它是继《诗经》《楚辞》后，兴起的一种新的诗体。汉代乐府诗

大多收录在宋代郭茂倩的《乐府诗集》一书中，这些诗歌多以反映战争痛苦、徭役痛苦、贫困、人民劳动生活为主。

汉代乐府诗的语言大多朴实自然，句式长短不一。例如《孔雀东南飞》《木兰诗》等都属于句式整齐的齐言诗，《上邪》则为三、四、五、六言皆有的杂言诗。

此外，乐府诗的篇幅也是长短各异，长篇诗作《孔雀东南飞》有三百余句，而杂曲《枯鱼过河泣》仅有四句，《江南可采莲》也仅有七句。可见，乐府诗在形式上比较灵活，其文学特点也是形散而神不散。

乐府诗大多为现实主义题材诗作，其中一些诗作也有浪漫主义色彩。《乌生》和《枯鱼过河泣》两首寓言诗就十分浪漫，诗中有丰富的想象，作者将物拟人化，《乌生》中写乌鸦的鬼魂会向人们倾诉，《枯鱼过河泣》中则写已经腐朽了的鱼却会哭泣。

东汉末年，建安诗歌勃然兴起，一跃成为当时诗歌的典型代表。建安是东汉末代皇帝汉献帝的年号，这一时期兴盛的文学便是文学史上颇具声名的建安文学。

建安文学从建安时期发展至魏初，这一时期的文学以诗歌成就最高。建安诗歌有着慷慨悲凉、个性张扬的艺术特色，在文学史上可谓独树一帜，又有"建安风骨"之称。

由于东汉末年政治黑暗，社会动荡，这一时期的乐府诗歌中多为诗人渴望建功立业的政治理想，其中也有诗人对人生苦短的哀叹。这一时期的文人体味了时代和个人的双重悲剧，所以他们书写的建安诗歌也带着一种悲凉色彩。不过，建安诗人虽然独具悲剧精神，但这种悲剧精神并不是悲观。他们喜欢理性地看待生活现状，让绝望的原野上也能开出希望之花，从而产生一种傲视天地的悲壮气概。

建安文学主要以曹操、曹丕、曹植和"建安七子"为代表。曹操是建安文学的开创者，也是建安文学的灵魂人物，他不仅是一位杰出的政治家和军事家，更是一位优秀的文学家，《观沧海》《龟虽寿》《短歌行》等皆为曹操笔下的名篇。此外，曹植的文学成就也很高，他与父亲曹操比起来，可谓青出于蓝而胜于蓝。

【知识延伸】

曹植的《白马篇》

白马篇

白马饰金羁，连翩西北驰。借问谁家子？幽并游侠儿。

少小去乡邑，扬声沙漠垂。宿昔秉良弓，楛矢何参差！

控弦破左的，右发摧月支。仰手接飞猱，俯身散马蹄。

狡捷过猴猿，勇剽若豹螭。边城多警急，虏骑数迁移。

羽檄从北来，厉马登高堤。长驱蹈匈奴，左顾陵鲜卑。

弃身锋刃端，性命安可怀？父母且不顾，何言子与妻？

名编壮士籍，不得中顾私。捐躯赴国难，视死忽如归。

曹植的《白马篇》是一首五言古诗，也是汉魏诗作中的名篇，这篇诗歌刻画了一位英勇无畏、为国捐躯的游侠形象。《白马篇》开篇先写少年游侠奔赴战场的场景，并且叙述了这位游侠的英雄形象，"边城多警急，虏骑数迁移"交代了游侠奔赴战场的原因，后又写了游侠在战场上杀敌的英勇气概，最后以"捐躯赴国难，视死忽如归"写出了游侠报国的决心。全诗表达了作者渴望像游侠一般建功立业的心愿。

第三节　唐代诗歌的空前繁荣

【典籍溯源】

　　而集大成如杜甫，杰出如韩愈，专家如柳宗元、如刘禹锡、如李贺、如李商隐、如杜牧、如陆龟蒙诸子，一一皆特立兴起。其他弱者，则因循世运，随乎波流，不能振拔，所谓唐人本色也。

——叶燮《原诗》

　　《原诗》是清代诗论家叶燮撰写的文艺理论著作，所谓"原诗"，就是推究诗歌创作的本源。《原诗》共有内外两篇，每篇又分两卷，共有四卷。《原诗》被视为继刘勰的《文心雕龙》之后，我国文学史上最具逻辑性和系统性的文艺理论著作。作者不仅从诗教、诗法的角度对诗歌进行了评论，而且将诗歌评论提升到了美学层次。

　　叶燮在书中提到，唐朝时期诗歌极为繁荣，名家辈出，杜甫、韩愈、柳宗元、李贺、李商隐等人都是当时的诗歌名家。当然，唐代也有一些只能被统称为"诗人"的无名之辈，但正是所有诗人共同将唐朝打造成了"诗歌"的时代。

【诗歌文化】

　　诗歌是唐代备受瞩目的一张名片。诗歌自劳动中孕育，历经几个朝代的发展，终于在唐代迎来了它的鼎盛时期。唐代的著名诗人多达两千余人，《全唐诗》中收录了不下四万首唐代诗歌，诗仙李白、诗圣杜甫、诗魔白居易等都是诗坛上家喻户晓的诗人。那么,诗歌究竟为什么能在唐代取得如此大的成就呢?

首先,诗歌历经了诗经、楚辞、乐府诗的发展,为唐诗的繁荣奠定了基础。其次,唐代经济、贸易发达,为文学的发展提供了物质基础。再次,唐代的风气趋于开放和自由,外来宗教和文化与本国文化交融与碰撞成为诗歌创作的能量。最后,唐代科举将诗词歌赋列为必考科目,这在一定程度上促进了诗歌的繁荣。

我们可以将唐代分为初唐、盛唐、中唐、晚唐四个时期,每个时期的代表人物和诗歌风格各有不同。初唐时期的诗人以王勃、杨炯、卢照邻和骆宾王四人为代表,他们被称为"初唐四杰"。此外,陈子昂是初唐时期转变唐代诗风的一位重要人物,他反对南朝时期柔靡纤弱的诗风,主张恢复慷慨悲壮的建安诗风,他所作的《感遇三十八首》大多都是这种风格。所以,陈子昂对于初唐时期的诗歌风气产生了较大的影响。

盛唐是唐诗的成熟时期,这一时期群星璀璨,涌现出了无数千古佳作,在诗歌方面成就最高的当数李白和杜甫。韩愈曾在《调张籍》一诗中评价二人诗作"李杜文章在,光芒万丈长"。而且,这一时期的诗歌流派也极多,既有李白书写浪漫主义诗篇,又有杜甫执笔披露社会现实。此外,还有以王维、孟浩然为代表的田园诗派,他们以绝美诗篇书写田园山水,其诗风恬静质朴,清静闲适。这一时期也有以高适、岑参为代表的边塞诗派,他们通过描写边塞风光和军旅生活来凸显战争的残酷,表达战士们的思乡之情。

中唐是唐诗发展的转折时期,这一时期的诗人以孟郊、白居易、刘禹锡等人为代表,此时的诗歌已经褪去了浪漫主义的外衣,更加趋于现实主义。为了披露社会现实,针砭时弊,白居易和元稹还发起了新乐府运动,主张恢复采诗制度。白居易在这一时期创作了《卖炭翁》《观刈麦》等大量批判现实的讽喻诗,来规劝帝王体察民情。

晚唐诗人则以李商隐、温庭筠等人为代表,由于晚唐国势衰微,这一时期的诗歌风格也多以伤感无奈、消极悲观为主。处于晚唐时期的诗人大都有着一种矛盾心理，他们希望有所作为，但生不逢时，朝廷的黑暗与颓败又让他们感到迷惘，他们只能以诗来抒发自己怀才不遇的心情。

【知识延伸】

赏析杜甫《石壕吏》

诗圣杜甫是唐代最伟大的现实主义诗人，其中"三吏"（《石壕吏》《潼关吏》《新安吏》）"三别"（《新婚别》《垂老别》《无家别》）是杜甫现实主义诗篇中的巅峰之作。《石壕吏》写于安史之乱前期，杜甫在战乱中流亡，所到之处哀鸿遍野，一片惨状。途经石壕村时，诗人正遇到吏卒捉人的情形，于是便写下了这首诗。

诗人通过对吏卒抓人服役场面的描写，来表现官吏的残暴和政治的黑暗，这也表达了作者对广大人民群众的同情。

石壕吏

暮投石壕村，有吏夜捉人。老翁逾墙走，老妇出门看。

吏呼一何怒！妇啼一何苦！听妇前致词：三男邺城戍。

一男附书至，二男新战死。存者且偷生，死者长已矣！

室中更无人，惟有乳下孙。有孙母未去，出入无完裙。

老妪力虽衰，请从吏夜归。急应河阳役，犹得备晨炊。

夜久语声绝，如闻泣幽咽。天明登前途，独与老翁别。

第四节　宋代诗歌的独特风格

【典籍溯源】

> 以文为诗，自昌黎始；至东坡益大放厥词，别开生面，成一
> 代之大观。
>
> ——赵翼《瓯北诗话》

赵翼是清代诗人、史学家，《瓯北诗话》是他撰写的一本诗歌理论批评著作，全书共十二卷，前十卷主要论述了李白、杜甫、韩愈、白居易、苏轼等十位集大成者的诗作，后两卷则主要写韦应物、杜牧等人诗歌中的诸多问题。

"以文为诗"是宋代诗歌的独特风格之一，由唐代韩愈首开以文为诗的先河，到苏轼时发展至顶峰，"以文为诗"对宋代文人的诗歌创作有很大的影响。

【诗歌文化】

宋诗是在唐诗的基础上发展起来的，其文学风格自成一派，最大的文学特色为"以文为诗"和"以议论为诗"。

"以文为诗"的观念最早由韩愈提出，其大意是要在诗歌创作中借鉴散文的字法、句法和章法，主张突破诗歌中的种种束缚和羁绊，通过一种较为自由的形式进行诗歌创作。"以文为诗"这种风格在北宋文学家苏轼的诗作中最为鲜明。

苏轼一生创作了约两千七百首诗，他将"以文为诗"巧妙地运用在自己的作品中。苏轼的诗作大量运用了"是""之""矣"这样的散文词，例如他在《游金山寺》一诗中写道："是时江月初生魄，二更月落天深黑"，再如《泗州僧伽塔》中写："退之旧云三百尺，澄观所营今已换"。此外，苏轼还将一些口语、俗语写入诗中，使诗读起来更加通俗，例如《雨后行菜圃》一诗的"天公真富有，膏乳泻黄壤……小摘饭山僧，清安寄真赏"，"天公""富有""小摘"等词语，都是日常的口语，苏轼将它们写入诗中，让诗更加亲切自然。

苏轼的诗歌还蕴含大量的判断句式，"把"字结构，"者"字结构和"所"字结构等，这些句式赋予了诗歌散文的特色，这是"以文为诗"的典型特征。例如苏轼曾在《次韵答元素》一诗中写"莫把存亡悲六客，已将地狱等天宫"，这就运用了"把"字结构。

"以议论为诗"也是宋诗的一大特色，大多数人认为，诗可以用来叙述，也可以用来抒情，但是不能用来议论。因此，后代文人对于宋诗可"议论"的特点都提出过质疑，明代屠隆就曾为此发问："宋人多好以诗议论，夫以诗议论，既奚不为文而为诗哉"。

很多文人都认为，议论与诗歌并不能相容，其实这种看法有些狭隘，议论同叙事、抒情一样，都是行文的一种表达方式，而诗歌作为一种文体，既然可以用于叙述和抒情，那为何不能用于议论呢？

"以议论为诗"的开山鼻祖为梅尧臣、欧阳修和苏舜钦三人。这一时期之所以会出现以"以议论为诗"的现象，是因为梅、欧、苏所处的时代是一个阶级斗争、民族斗争不断激化的时代。基于这样的社会现实，议论诗勃然兴起。

诗人想通过议论的方式达到济时拯世的目的，所以，这一时期的议论诗作大多是为社会民生而写的，例如梅尧臣在《送周介之学士通判定州》中写道："愿君因议论，兹语何难为。"这类诗从质量上来看或许与唐代诗歌相差甚远，但就其文学价值和成就来说，这类诗作在文学史上也占有重要的地位。

【知识延伸】

宋代诗歌发展

北宋前期的诗歌承唐代遗风，多以模仿为主，宋末方回在《送罗寿可诗序》中言："宋铲五代旧习，诗有白体、昆体、晚唐体。"白体指的是宋初文人模仿白居易风格所作的诗，代表诗人有徐铉、李昉等人；昆体是因《西昆酬唱集》得名，代表诗人为杨亿、刘筠等人；晚唐体则指的是宋初文人模仿晚唐诗人贾岛、姚合的诗歌创作出来的作品，代表诗人为魏野、林逋等人。

北宋中期，诗歌主要以欧阳修、梅尧臣、苏舜钦的作品为代表。随着苏轼和王安石的出现，北宋诗歌的水平开始达到顶峰。苏轼还开创了哲理诗，将抽象难懂的哲学道理寓于诗歌的意象中。北宋后期以黄庭坚的诗歌成就最为突出，他甚至可与苏轼齐名，被世人并称为"苏黄"。

到了南宋时期，朝廷偏安一隅，滥用奸臣，迫害忠良，基于这种现状，南宋的诗风也发生了很大的改变。这一时期诞生了无数爱国诗人，如陆游、文天祥等。

第五节　清代诗歌的新发展

【典籍溯源】

　　自《三百篇》至今日，凡诗之传者，都是性灵，不关堆垛。

　　　　　　　　　　　　　　　　——袁枚《随园诗话》

　　《随园诗话》是清代袁枚所著的诗歌理论著作，全书共二十六卷，其中《诗话》十六卷，《诗话补遗》十卷。袁枚以随笔的形式，在书中阐明了自己的诗歌理论及审美倾向，对他提倡的"性灵说"进行了多番论述。这也使得《随园诗话》成为当时盛行诗坛的诗论著作，刻印之后，风靡一时。"性灵说"是清代前期四大诗歌理论学说之一，在袁枚看来，诗歌创作是诗人内心情感的真实流露，如果只是盲目堆砌辞藻，那就无法写出好诗。

【诗歌文化】

　　诗歌的发展在元、明两代一度陷入了颓势，直到清代又再度焕发出生机。清代是我国历史上最后一个封建朝代，诗歌发展也到了一个承前启后的时期。我们可以将清代诗歌看成一种新旧思想杂糅的产物，其中既有封建旧思想的桎梏，又有新思想的萌芽。

　　清代的诗歌借鉴了唐宋时期的诗歌风格，吸取了前朝诗歌中的精华，摒弃了其中的糟粕，清代的诗人们竭力改变元诗纤弱、明诗狭隘的弊端，让古典诗歌再度繁荣起来。

清代初年的诗坛，主要以一批"遗民诗人"为主。所谓遗民诗人，就是那些生活于明朝末年并且参加过抗清斗争的文人，他们在清王朝建立后拒绝入仕新朝，并且时刻思念故国，具有高尚的爱国情操和民族气节。

遗民诗人主要以顾炎武、王夫之、吴嘉纪为代表，他们的诗作大多为抨击黑暗现实，怀念故国，抒发不屈之志。顾炎武曾写过一首《精卫·万事有不平》，在诗中他以"精卫填海"的典故来提醒自己，勿忘国仇家恨。吴嘉纪在诗中以白描的手法来反映百姓疾苦，他以一种无声的方式反抗清政府的统治，例如，他曾写《临场歌》来表现百姓被逼税之苦，写《难妇行》来表现百姓受清兵杀掠之苦。

既然存在誓死不仕清的遗民诗人，也就存在入仕清朝的汉族诗人，其中以钱谦益和吴伟业为代表。钱谦益属于崇宋诗派，吴伟业则属于崇唐诗派。此二人引领诗坛，让清代诗歌的基调基本确定了下来。

到了清代中期，诗歌的发展更盛。此时，"清代第一诗人"王世禛提出了"神韵说"的诗歌理论，他认为写诗应当"不着一字，尽得风流"。后来沈德潜提出了"格调说"，他提倡写诗应"温柔敦厚"。后来翁方纲的"肌理说"问世，主张写诗应该秉持刨根问底的精神。袁枚倡导"性灵说"，他认为写诗应直抒胸臆，表达最真实的情感，性灵说与神韵说、格调说、肌理说并称清代前期四大诗论派别。

这些诗人的主张，对清代的诗坛影响很大。在他们的影响下，郑燮、袁枚等诗人横空出世，一展才华。郑燮即郑板桥，他很擅长将诗歌与画作相结合。郑燮的《题竹诗》在后世流传甚广，一句"千磨万击还坚劲，任尔东西南北风"激励了无数处于低谷中的人。此诗极有意境，使人在品读之时仿佛就能望见一片青翠而坚韧的竹林。

到了道光、咸丰年间，魏源、龚自珍等一大批爱国诗人涌现出来，他们开始抨击时政，忧国伤时，诗作中多提倡进行社会改革，救亡图存。到了戊戌变法时期，爱国文人康有为、梁启超还发起了一场"诗界革命"，他们主张打破清代诗歌复古主义的壁垒，以诗歌来传递新的思想。

【知识延伸】

诗人黄遵宪

　　黄遵宪是"诗界革命"的代表人物，"诗界革命"是由近代资产阶级思想引发的一场文学变革。黄遵宪在《己亥杂诗》第四十七首的自注中，明确提出了"中国必变西法"的思想，也正是在这一思想的指导下，他开启了对于诗歌创作的新探索。

　　黄遵宪的诗歌主题以反帝爱国和变法图强为主，他曾写下了《悲平壤》《哭威海》《台湾行》等反帝爱国的诗篇，诗中主要以赞颂抗战、反对投降为主要内容。

　　此外，他还写了《感怀》《杂感》《日本杂事诗》等倡导变法的作品，诗作中极力批判封建旧事物，对于派遣留学生和日本明治维新等新事物提出赞扬。黄遵宪凭一己之力开辟了独具特色的新派诗，梁启超评其为"独辟境界，卓然自立于二十世纪诗界中"。

第二章　中华诗歌知识

第一节　从古体诗到近体诗

【典籍溯源】

近体诗易学而难工，古体诗难学而易工。

——王国维《人间词话》

《人间词话》是由近代著名学者王国维所著的文学批评著作。这部著作是王国维学习了西洋美学之后，以崭新的眼光对中国文学重新进行了解读。这本书是晚清以来最具影响力的文学评论著作之一，也被后来的文学评论家奉为圭臬。

王国维认为，古体诗难学却容易学得精巧，近体诗容易学但很难钻研得精。他之所以提出这种观点，是因为他觉得古体诗在形式方面的限制甚少，所以入门很容易，但是要想真的写好，并不简单；近体诗恰恰相反，因为有着严格的格律和对仗要求，所以虽然入门很难，但是一旦领会了精髓，写诗就会很容易。

【诗歌文化】

古体诗和近体诗以唐朝为分界线，唐朝以前的诗歌体裁被称为古体诗，唐朝以后的诗歌体裁则被称作近体诗。唐朝是诗歌最为繁荣的一个时代，这一时期的文人对诗歌提出了新的要求，也衍生出了近体诗这种新的诗歌形式。

从诗句的字数上来看，古体诗主要包括四言诗、五言诗、七言诗和杂言诗等，四言诗就是四个字为一句，五言诗是五个字为一句，杂言诗就是一首诗中同时兼有四言、五言、七言等多种句式。例如，曹操的《短歌行》就是四言诗，汉乐府诗《上邪》就是一篇杂言诗。

古体诗以五言古诗和七言古诗居多，五言古诗形成于汉魏时期，它没有严格的格律、平仄、用韵要求。我国东晋时期著名田园诗人陶渊明的大部分诗作都是五言古诗。到了唐代，五言古诗得到进一步发展，陈子昂、李白、杜甫、王维、韦应物等诗人都创作过五言古诗，李白的《月下独酌》和王维的《竹里馆》等，都是五言古诗中的名篇。

至于七言诗，我们最早可从《诗经》中寻到踪迹，曹丕的《燕歌行》则是我国第一首完整的七言古诗。七言诗在唐代很流行，张若虚的《春江花月夜》，白居易的《琵琶行》，杜甫的"三吏三别"等，都是流传至今的千古佳作。

近体诗也称今体诗或格律诗，在近体诗产生以前，古体诗的写法比较自由，除了要求押韵以外，几乎没有什么特别的形式要求。近体诗对于诗歌的字数和句数都有严格的要求，创作时既要讲究押韵，还要讲究平仄和对仗。诗歌创作自此开始注重"格律"，因此近体诗又有"格律诗"之称。

诗词的格律大多是唐朝文人发明的，他们为作诗这件随意的事情做了许多规定，他们对于诗句句数、字数、押韵、平仄及对仗都做了明确的要求。近体诗的类型主要有绝句、律诗、排律，其中包括五言律诗、七言律诗、一部分五言绝句、一部分七言绝句。之所以说只是一部分的绝句，是因为绝句中有很大一部分是不符合近体诗的要求的。但事实证明，唐朝诗人这一发明虽然提高了诗作的门槛，但是也将"诗"这种文学体裁推上了一个高峰，使诗有了韵律之美，也留下了无数脍炙人口的作品。

【知识延伸】

曹丕的《燕歌行》

燕歌行

其一

秋风萧瑟天气凉，草木摇落露为霜。

群燕辞归鹄南翔，念君客游思断肠。

慊慊思归恋故乡，君为淹留寄他方。

贱妾茕茕守空房，忧来思君不敢忘，不觉泪下沾衣裳。

援琴鸣弦发清商，短歌微吟不能长。

明月皎皎照我床，星汉西流夜未央。

牵牛织女遥相望，尔独何辜限河梁。

其二

别日何易会日难，山川悠远路漫漫。

郁陶思君未敢言，寄声浮云往不还。

涕零雨面毁容颜，谁能怀忧独不叹？

展诗清歌聊自宽，乐往哀来摧肺肝。

耿耿伏枕不能眠，披衣出户步东西，仰看星月观云间。

飞鸽晨鸣声可怜，留连顾怀不能存。

　　《燕歌行》是魏文帝曹丕创作的七言古体诗，全诗主要写一个女子对远方丈夫的思念，全诗言辞清丽婉转，将人物之间的情感描写得凄婉动人。

　　明代胡应麟评价曹丕的这两首诗："子桓《燕歌》二首，开千古妙境"，这两首诗是中国文学史上现存最古老、最完整的七言诗，在中国文学史上具有重要地位。

第二节　五言和七言

【典籍溯源】

　　五言居文词之要，是众作之有滋味者也，故云会於流俗。岂不以指事造形，穷情写物，最为详切者耶！

——钟嵘《诗品》

　　《诗品》是南朝文学家钟嵘的一部文学评论著作。《诗品》与刘勰的《文心雕龙》都成书于南朝的齐梁时期，二者也都是为反对当时文学上的形式主义而产生的文学理论著作。

　　钟嵘认为，五言诗之所以能在各类诗体中居于主要的地位，就在于它在阐述事理、塑造形象、描写事物和表达感情方面最为详尽得当，使人读起来有滋有味。

【诗歌文化】

　　五言诗、七言诗是诗歌体裁中的一种。五言诗顾名思义，就是指每句都有五个字的诗作。五言诗从民间歌谣发展到文人创作，经历了一段漫长的过程。在《诗经》中，五言诗就已经悄悄萌芽了，比如《诗经》中的《行露》，就有"谁谓雀无角？何以穿我屋？谁谓女无家？何以速我狱"的诗句。

　　秦朝时，在民间一直流传着《长城谣》，"生男慎勿举，生女哺用脯。不见长城下，尸骸相支拄"。这首民间歌谣已经完全是五言的形式了，它可以被视作早期五言诗的雏形。到了西汉时期，民间的五言歌谣和谚语越来越多，汉武帝以后，这种五言形式的歌谣大都被采入乐府，成为乐府诗歌。

真正意义上的五言诗，是东汉时期才出现的。班固所作的《咏史》：

三王德弥薄。惟后用肉刑。太苍令有罪。就递长安城。

自恨身无子。困急独茕茕。小女痛父言。死者不可生。

上书诣阙下。思古歌鸡鸣。忧心摧折裂。晨风扬激声。

圣汉孝文帝。恻然感至情。百男何愦愦。不如一缇萦。

此诗借用了西汉文帝时期"缇萦上书"的历史故事，表达了因后代过失导致自己受到连累的无奈，也表达了作者希望当朝统治者能如同汉文帝一般，对其网开一面的心愿。

南北朝钟嵘在《诗品》中对于班固的这首诗做出了评价："东京二百载中，惟有班固《咏史》，质木无文。"钟嵘认为这首五言诗"质木无文"，即言语和辞藻上都缺少文采，太过于朴实无华。可见，这一时期的文人五言诗，在表达技巧上还有所欠缺。到了东汉末年，《古诗十九首》出现，标志着五言古诗成熟。

除五言诗外，七言诗也是较为常见的一种诗歌体裁。所谓七言诗，就是全诗每句都有七个字的诗歌。同五言诗一样，七言诗早在先秦时期的《诗经》和《楚辞》中就已经萌芽了。荀子的《成相篇》，是模仿民间歌谣写成以七言句式为主的杂言韵文，司马相如的《凡将篇》和史游的《急就篇》都是七言通俗韵文。曹丕的《燕歌行》是我国诗歌史上第一首完整的七言诗，南北朝时期的诗人汤惠休和鲍照也有七言作品。鲍照是对于七言诗歌发展贡献较大的一位文人，创作了《拟行路难》十八首，这是他七言诗中的代表作。鲍照在创作这组诗时在用韵上进行了创新，由原来的句句用韵变为了隔句用韵，为七言诗的发展开辟了新的道路。

【知识延伸】

杂言诗

杂言诗是中国古代诗歌体裁之一，它是指诗中兼有四言、五言、七言等诗句，《诗经》中有众多篇目都是杂言诗，例如《将仲子》《行露》等。杂言诗最大的特点就是形式自由，可以不受限制地表达思想感情。

汉代乐府诗中，杂言诗比较多，诸如《东门行》《妇病行》《孤儿行》等都是杂言诗中的代表作。唐代，虽然诗歌形式逐渐转变为整齐划一的格律诗，但杂言诗依旧受到很多诗人的喜爱，李白和杜甫就写过很多杂言诗，例如李白的《蜀道难》《将进酒》，杜甫的《兵车行》等。

第三节　绝句与律诗

【典籍溯源】

> 作诗不过情景二端。如五言律体,前起后结,中四句,二言景,二言情,此通例也……老杜诸篇,虽中联言景不少,大率以情间之。

——胡应麟《诗薮》

《诗薮》是明朝文学家胡应麟撰写的诗歌理论著作。胡应麟的这本书较为全面地论述了中国古代各种诗体的源流,并探讨了各诗体的艺术特征和创作规律,并对一些诗人和诗作进行了评估。全书共二十卷,分为内编、外编、杂编、续编。

胡应麟认为作诗不外乎写景与抒情,律诗同样如此。例如,五言律诗通常是首句引入主题,尾句总结全文,中间的四句通常是有两句写景,有两句抒情,这也是律诗的通用形式。

【诗歌文化】

绝句与律诗都是常见的诗歌体裁。律诗是近体诗的一种,从唐朝开始流行。因律诗具有严格的格律要求,故而得名为"律诗"。律诗起源于南朝诗人沈约所作的讲究声律和对仗的新体诗,后来经唐朝宋之问等人的发展,最后在中晚唐时期趋于成熟。

常见的律诗有五言律诗和七言律诗两类。律诗通常每首八句,每两句为一联，总共四联。从第一联到最后一联分别称为首联、颔联、颈联和尾联（也称结句），每首律诗中的颔联和颈联通常为对仗句。如果句数超过八句的律诗，我们称之为排律或长律。

律诗讲究押韵。通常押平声韵，押韵一般压在二、四、六、八句上，每一联的首句押韵自由，可押可不押。整首律诗要求只押一个韵，中间不能换韵。

律诗讲究平仄，律诗的平仄还讲究"粘"和"对"，"粘"指的是句与句之间要有衔接和过渡，"对"指的则是对仗。律诗要求对句要相对，邻句要相粘。对句相对指的是一联中的上下两句平仄刚好相反，如果上句是：仄仄平平仄，下句就是：平平仄仄平。邻句相粘指的是上一联的下句与下一联的上句起句平仄相同。例如，上一联是：仄仄平平仄，平平仄仄平。下一联是：平平平仄仄，仄仄仄平平。五言律诗和七言律诗都有专属自己的平仄句式，比如五律的四种基本句型：平平仄仄平，仄仄平平仄，平平平仄仄，仄仄仄平平。

绝句，又称截句，通常为四句。这种诗体被称为绝句的原因有多种解释。其一，有人认为绝句起源于六朝时期（东吴、东晋、刘宋、萧齐、萧梁、南陈），当时文人圈子中盛行"联句"游戏。文人们聚到一起，饮酒作诗，每人作一首四句五言诗，然后合成一整首诗，如果将每个人所作的四句分开，单独成为一篇，就叫"一绝"，因此得名"绝句"。另一种说法是"截取律之半"，以便入乐传唱，所以叫绝句。

绝句从格律要求上区分，可以分为律绝和古绝。从格式上看，律绝与律诗并无差别，唯一的差别就是诗歌的句数由八句变为四句。古绝是一种古体诗，因此只需要注重押韵，在其他方面并没有什么严格要求。

从字数上分，绝句可分为五言绝句和七言绝句。五言绝句，每句五个字，全诗共二十个字，李白的《静夜思》、柳宗元的《江雪》、王维的《鸟鸣涧》、王之涣的《登鹳雀楼》等为五言绝句的代表作品。五言绝句通过简短的文字来表现宏大的场面，以小见大，虽然仅有二十字，但诗中包含着丰富的内容。七言绝句，每句七个字，全篇共二十八字。七绝有着严格的格律要求，押韵、粘对、平仄缺一不可。七言绝句的代表作有李白的《早发白帝城》、白居易的《忆江柳》等。

【知识延伸】
如何区别律诗和绝句

如何区别律诗和绝句呢？首先，它们的句数和字数不同，二者最为明显的差别就在于绝句只有四句，而律诗通常为八句，低于八句我们称之为小律，高于八句称为排律或长律；其次，二者的押韵、平仄与对仗不同，律诗只押平声韵，押于二、四、六、八句上，而且平仄、对仗都有严格要求，绝句押韵在二、四句上，平仄和对仗比较自由。

第四节　平仄与对仗

【典籍溯源】

　　雷隐隐，雾蒙蒙。日下对天中。风高秋月白，雨霁晚霞红。牛女二星河左右，参商两曜斗西东。十月塞边，飒飒寒霜惊戍旅；三冬江上，漫漫朔雪冷渔翁。

——李渔《笠翁对韵》

　　《笠翁对韵》是明末清初戏曲家李渔的著作，由于李渔号笠翁，故得此名。全书共分为两卷，按韵分编，囊括了天文、地理、花木、鸟兽、人物以及器物等方面的内容，书中既有双字对和单字对，亦有三字对、五字对、七字对等，读起来声韵协调，琅琅上口。这本书是人们学习近体诗中对仗和用韵的入门教材。

【诗歌文化】

　　所谓平仄，指的就是诗歌中用字的声调，注意这里的声调并不是我们现代汉语拼音中的一声、二声、三声、四声。根据《切韵》和《广韵》中的记载，汉语的声调一共有四个，分别为平、上、去、入。其中，平为平声，上、去、入则为仄声。

　　诗歌本就是用来朗诵和演唱的，因此诗人在创作时，必须要让诗歌读起来琅琅上口，诗歌中字词的声调变化，会让诗歌读起来抑扬顿挫。随着每一个字的声调变化，同一个音所能表达的字也多有不同，并且不同的音调，还带有不同的感情色彩。诗歌中字词的音调变化，可谓一举两得，既可以让诗歌读起来琅琅上口，又便于诗歌情感的表达。

唐代以前，由于古体诗不追求格式，因此声调也很随意。唐朝时期的近体诗，对于平仄（音调）有严格的要求，诗人开始将平、上、去、入四种音调，应用于诗歌当中。在一句诗中，使用平仄不同的字，诗句读起来就显得有起有伏了。

那么，诗中如何讲究平仄呢？古代文人通常以两个音节为单位，让诗句中的平仄交错。五言的平仄包括平平仄仄平、仄仄平平仄、平平平仄仄、仄仄仄平平四种，例如杜甫《春望》中"国破山河在"一句的平仄格式为"仄仄平平仄"。七言的平仄则是在五言基础上增加而成，有仄仄平平仄仄平、平平仄仄平平仄、仄仄平平平仄仄、平平仄仄仄平平四种，如陆游《书愤》一诗中的"楼船夜雪瓜洲渡"一句，就是"平平仄仄平平仄"的格式。

近体诗中除讲究平仄外，还讲究对仗。对仗可以理解为对偶，它是指用两个结构相同、字数相等、意义对称的词组或句子，来表达相反、相似或相关意思的一种修辞方式，日常生活中的对联基本上都是以对仗句的形式呈现的。

如果单理解概念的话可能比较晦涩，我们可以通过《对韵歌》来体会一下什么是对仗。"花对树""雪对风""晚照对晴空""宿鸟对鸣虫"，这里的"雪"和"风"、"宿鸟"和"鸣虫"，就是结构相同、字数相等、意义对称的两组词组。基于"花对树"，诗人就会想到"杨柳对杏花"，继而在这个基础上创作出"两岸晓烟杨柳绿，一园春雨杏花红"的诗句。

因为对仗独具艺术特色，如果在诗中采用对仗手法，会使诗作看起来整齐醒目，读起来琅琅上口，听起来铿锵悦耳，便于记忆、传诵，所以古人在作诗时常用对仗这种修辞。

【知识延伸】

《登高》对仗赏析

杜甫的《登高》是一首七言律诗，这首诗中的对仗历来被奉为经典，我们以此为例来赏析一下律诗的对仗。

登高

风急天高猿啸哀，渚清沙白鸟飞回。

无边落木萧萧下，不尽长江滚滚来。

万里悲秋常作客，百年多病独登台。

艰难苦恨繁霜鬓，潦倒新停浊酒杯。

《登高》这首诗通篇都使用了对仗的手法，我们以其中颔联"无边落木萧萧下，不尽长江滚滚来"为例，其中"无边"对"不尽""落木"对"长江""萧萧下"对"滚滚来"，句型、句法、词义对仗工整，全诗对仗极为自然流畅，不会让人觉得是为了对仗而对仗，一联之中，字字皆律，被胡应麟誉为"旷代之作"。

第五节　中华诗歌的诗韵

【典籍溯源】

> 云对雨，雪对风，晚照对晴空。来鸿对去燕，宿鸟对鸣虫。三尺剑，六钧弓，岭北对江东。人间清暑殿，天上广寒宫。两岸晓烟杨柳绿，一园春雨杏花红。两鬓风霜，途次早行之客；一蓑烟雨，溪边晚钓之翁。

> ——车万育《声律启蒙》

《声律启蒙》是清人车万育所著的声韵格律启蒙书，全书按三十个韵部编写，上下两卷各十五个韵部，每韵有三则对文，每则对文有十对联语，每对联语字数不等。全书联语对仗工整，一韵到底，读起来琅琅上口，是儿童掌握声韵格律的重要启蒙读物。

【诗歌文化】

中国古代诗歌都用韵，或偶句尾字相协，或每句末字相协，诗中相协的韵脚，称为诗韵。《说文解字》中关于"韵"的解释为："韵，和也。从音，匀声"。由此可见，"韵"代表的是和谐，而在诗中押韵的目的，就是让诗读起来琅琅上口。

押韵是指在文学创作中通常会在句子中的最后一个字，使用韵母相同或相近的字，令诗文诵读起来顺口，并有一种回环的音乐感。诗中押韵的地方，被称为韵脚。例如，"官仓老鼠大如斗，见人开仓亦不走"两句中，每句的尾字"斗""走"押的都是"ou"的韵。

押韵的"韵"，我们可以简单地理解为汉语拼音中的a、an、en等韵母。那古人是如何押韵的呢？在我国古代有很多研究音韵的学者，他们在当时已经根据发音的不同，将汉语中比较常见的字进行了韵的划分，隋代陆法言写成了第一部音韵书——《切韵》。唐玄宗时，学者孙恤又在《切韵》的基础上撰写了《唐韵》。作诗是否押韵往往就根据这些韵书来判断。后来，还有人在这两本著作的基础上，进行了归纳和总结，整理出了更为详细的南宋末年创作《平水韵》。

其实，中国很多古诗歌是不押韵的，例如《诗经》《楚辞》和魏晋古诗都是不押韵的，到了南北朝后期，尤其是唐朝时期，由于近体诗逐渐兴起，押韵就成了作诗必不可少的环节。

古人在作诗时独有一套押韵秘籍，他们对押韵规则做了一些规定。作古体诗时，没有什么押韵要求，只要读起来顺口，诗人既可以换韵，也可以押邻韵。近体诗的押韵规则就极其严格了，首先，近体诗以律诗和绝句为主，二者遵循的是偶句押韵的原则，单数句都是可押可不押；其次，通常押的是平声韵，这里的平声指的就是"平仄"中的平，也就是"平、上、去、入"中的平；最后，近体诗押韵时，必须一韵到底，中间不可换韵，也就是整首诗只使用同一个韵脚。

我们可以通过《春晓》这首诗再来体会一下绝句的押韵，"春眠不觉晓，处处闻啼鸟。夜来风雨声，花落知多少。"朗读这首古诗时我们会发现，第一句、第二句和第四句的最后一个字，押的都是"ao"韵。正是因为有同一个韵脚，这首诗读起来才能如此琅琅上口。

【知识延伸】

《平水韵》简介

《平水韵》中共有一百零六个韵部，包括上平声十五韵、下平声十五韵、上声二十九韵、去声三十韵、入声十七韵。接下来，我们可以通过下面这首诗来感受一下，古人是如何依照《平水韵》来用韵的。李白的《送友人》：

> 青山横北郭，白水绕东城。此地一为别，孤蓬万里征。
> 浮云游子意，落日故人情。挥手自兹去，萧萧班马鸣。

这首诗每一联的首句都没有进行押韵，而偶句的尾字押的则是《平水韵》中的"庚韵"，庚韵属于下平声十五韵中的第八个韵部。诗中的"城""征""情""鸣"都属于庚韵。

第三章　中华诗歌名家名作

第一节　李白

【典籍溯源】

太白天仙之词，语多率然而成者，故乐府歌词咸善。或谓其
始以《蜀道难》一篇见赏于知音，为明主所爱重，此岂浅材者徼
幸际其时而驰骋哉！不然也。白之所蕴，非止是。

——高棅《唐诗品汇》

《唐诗品汇》是明朝高棅所创作的一部唐代中国诗歌选集，共有一百
卷。明洪武二十六年（1393年），先编成了九十卷，选唐代诗人六百二十
人，收录诗歌五千七百多首。后来于洪武三十一年（1398年），又增补了
十卷，增加了诗人六十一人和诗作九百余首。本书以盛唐时期的诗作为主
要内容，对于明朝承唐代诗歌遗风具有深远的影响。

高棅在书中对于李白的诗歌极为赞誉，认为"诗仙"的诗作都是率性
而作，很少经过反复推敲斟酌，因此他的诗歌大多浑然天成，直抒胸臆。
这些未加以精雕细琢的诗句中往往蕴含着真情实感，这也是李白的诗歌受
世人喜欢的原因之一。

【诗歌文化】

李白（701—762），字太白，号青莲居士，唐朝最伟大的浪漫主义诗人，一生写了上千首诗。他的性格豪迈奔放，喜欢喝酒，因此有"诗仙"之称。杜甫曾经写诗赞誉他："李白斗酒诗百篇，长安市上酒家眠。天子呼来不上船，自称臣是酒中仙。"（《饮中八仙歌》）

李白的"仙"，表现在他的诗歌风格上。李白的诗歌雄奇飘逸，富有浪漫主义色彩，他的诗中经常有天马行空的想象和闻一增十的夸张，还偶尔辅以比喻、拟人等修辞手法，给读者豪迈奔放、飘逸若仙之感。比如下面这些诗句，"飞流直下三千尺，疑是银河落九天"（《望庐山瀑布》），"白发三千丈，缘愁似个长"（《秋浦歌》），"危楼高百尺，手可摘星辰"（《夜宿山寺》）等。诗人形容瀑布的壮观景象，使用了极其夸张的"三千尺"，这瀑布如同天上的银河飞跃而下，以银河喻瀑布，给人以无限的美感；形容白发的长度使用了"三千丈"，让人不由得联想，这得有多少的忧愁才能长出这么多的白发；形容山顶的寺庙高，就说"高百尺"，可寺庙怎能"高百尺"，其实这里同样运用了夸张的手法，站在这"百尺"高楼之上，仿佛一伸手就能触碰到星星。

李白一生游历了无数名山大川，因此他的诗歌中有大量写山水的诗。李白写山水，从来不会单纯只写山水，他在写景的同时会加入丰富、夸张的想象，形象、生动地将他所看到的美景表达出来。因此，人们在读李白的诗时，总能透过文字感受到诗歌中蕴藏的神乎其神的意境，不禁赞叹他高超的意境表达能力。

李白的"仙"，还表现在他的性格上。李白之所以能写出大量的浪漫主义诗作，也在于他性格豪迈乐观，他不受封建礼教束缚，敢于表现自己的真性情。李白这种性格，在他的许多诗句中都有所体现。比如"我本楚狂人，凤歌笑孔丘"（《庐山谣寄卢侍御虚舟》），"仰天大笑出门去，我辈岂是蓬蒿人"（《南陵别儿童入京》），"人生得意须尽欢，莫使金樽空对月。天生我材必有用，千金散尽还复来"（《将进酒》）。高兴就仰天大笑，人生得意就要开怀畅饮。诗仙的人生，就是这般畅快恣意！

纵观李白的人生态度和诗歌成就，他的"诗仙"之名，确实名不虚传。

【知识延伸】

李白的诗歌

李白的诗歌题材种类众多，主要有写景抒情诗、咏史怀古诗、送友惜别诗等。李白人生的大部分时间都在游历名山大川，因此他的诗歌中有大量写景抒情诗和咏史怀古诗。如《望天门山》《早发白帝城》都是写景名篇；李白著名的咏史怀古诗为《登金陵凤凰台》，此诗借登临凤凰台所见之景，既抒发了怀古之情，又表达了诗人壮志难酬的愤懑之情。李白的朋友众多，所以他的诗作中也有很多送友惜别诗，如广为流传的《赠汪伦》《送孟浩然之广陵》，他将依依惜别之情写于山水之中，抒发了对于挚友的真情。

第二节　杜甫

【典籍溯源】

> 诗人以一字为工，世固知之，惟老杜变化开阖，出奇无穷，殆不可以迹捕。
>
> ——叶梦得《石林诗话》

《石林诗话》是北宋叶梦得著的一部诗话著作，又名《叶先生诗话》。作品以北宋诗坛的掌故、轶事为主要内容，也包含作者对于历代诗歌的审美评价。《石林诗话》中关于诗歌最为精妙的论述为："诗语固忌用巧太过，然缘情体物，自有天然工妙，虽巧而不见刻削之痕。"

叶梦得认为诗歌创作中不应有太多的技巧，通过最直白的话语，来表达最真切的感情，是最好不过的了，而在叶梦得的眼中，杜甫的诗歌正是如此。

【诗歌文化】

杜甫（712—770），字子美，自号少陵野老，唐代伟大的现实主义诗人，被世人誉为"诗圣"，与李白并称"李杜"。杜甫终年五十九岁，流传下来的诗歌大约有一千五百首，大多被收录在《杜工部集》中。

杜甫生活在唐朝由盛转衰的时期，基于他浓烈的儒家信仰和心怀天下的理想，他的诗作大多反映真实的社会现状，有着强烈的时代色彩和鲜明的政治倾向，深刻地揭露了政治黑暗和社会动荡的社会现实，反映了百姓的疾苦生活。杜甫的作品在文学史上地位极高，被世人奉为"诗史"。

青年时代的杜甫大部分时间都是在游历山水中度过的，著名的《望岳》便是他游览五岳之尊的泰山所作，杜甫登上泰山之巅，俯瞰周围群山，于是大笔一挥，写下了"会当凌绝顶，一览众山小"的豪言壮语。读这首诗时，人们可以感受到杜甫的豪情壮志，他渴望入仕做官，在朝廷中做一番事业，这首诗也展示了诗人的抱负和气概。

从《望岳》一诗中，我们已经看到了杜甫想要为国家挥洒热血的豪情壮志。杜甫也一直在为了这个目标而努力奋斗，他曾多次参加科举考试却一直屡试不第。杜甫好不容易等来了唐玄宗的扩招，结果却因当时的宰相李林甫排斥贤才，致使参加考试的才子全部落选，这其中也包括杜甫。于是，杜甫开始过上了长达十年挨饿受冻的困苦生活。

虽然科举的道路行不通，而且杜甫对朝廷也有所失望，但是他与生俱来的强烈社会责任感，又使他振奋精神，继续谋求入仕的道路。这在他的很多诗句中都有所体现，他曾写"男儿生世间，及壮当封侯"；他亦写"丈夫誓许国，愤惋复何有！功名图麒麟，战骨当速朽"，这些诗句无一不体现着杜甫身上那种渴求济世扬名、建功立业的志向。

在经历了种种挫折之后，此时的杜甫已经从一个斗志昂扬的理想青年变成了一个忧国忧民的现实主义诗人。安史之乱期间，杜甫为躲避战乱，颠沛流离，但依旧心系国家，他曾在这一时期写下了《春望》一诗，来记录他在安史之乱期间的遭遇，诗人忧国、伤时、念家、悲己四种情感都交织于此诗中。而且在逃亡时期，也让他有机会贴近人民群众的真实生活，因此在这一时期，他也创作出了诸如"三吏""三别"等伟大的现实主义诗篇。

杜甫一生都在追求入仕，建功立业，奈何生不逢时，不受赏识，一生只当过几次小官。唐朝的朝廷中虽然少了一位名臣，但成就了一位伟大的现实主义诗人。继李白之后，杜甫的诗可以被视作是中国诗歌史的又一座高峰。

【知识延伸】

杜甫的晚年生活

　　杜甫的晚年生活相当悲惨，他在朋友的资助下，在成都的城西浣花溪畔建了一座草堂，从他这一时期所作的《茅屋为秋风所破歌》一诗中，我们可以看到他真实的生活状态："布衾多年冷似铁，娇儿恶卧踏里裂。床头屋漏无干处，雨脚如麻未断绝"。即使面对这样的境况，杜甫也没有放弃创作，写下了《登高》《登岳阳楼》《旅夜书怀》等旷世名作。公元770年，杜甫于一叶扁舟上去世，时年五十九岁。

第三节　白居易

【典籍溯源】

　　　　每成篇，必令其家老妪读之，问解则录。后人评白诗如山东父老课农桑，言言皆实者也。

　　　　　　　　　　　　　　　　——辛文房《唐才子传》

　　《唐才子传》是由元代人辛文房所编撰的一部唐朝与五代诗人的诗歌评传编集，共有十卷，此书对于中、晚唐诗人的记述尤为详尽，也包含一些五代时期的诗人。全书曾被收录至《永乐大典》，清代又选取其中部分内容收入于《四库全书》。此书是后世研究唐代诗歌的重要典籍。

　　辛文房在书中指出，白居易诗歌最大的特点就是通俗易懂。白居易曾念诗给老妪听，直到他的诗能被老妪读懂才定稿，后人评价其诗就像普通百姓谈论农桑之事，每字每句都非常朴实。

【诗歌文化】

　　白居易（772—846），字乐天，号香山居士，又号醉吟先生。白居易是一位伟大的现实主义诗人，他的诗作题材广泛，语言风格最突出的特点就是通俗易懂。

　　相传白居易写诗为了达到通俗易懂的效果，每写一首诗，都会去读给老妇人听，然后询问老妇人是否能听懂，如果老妇人说能听懂，他便将这首诗定稿；如果老妇人听不懂的话，他就进行修改，直到老妇人能听懂为止。

　　白居易诗作通俗易懂的特点在他少年时期所作的诗中便已经体现出来了，比如，"离离原上草，一岁一枯荣。野火烧不尽，春风吹又生。远芳侵古道，晴翠接荒城。又送王孙去，萋萋满别情"，这首诗是白居易在科举考试中获得学者顾况的举荐，所写的一首应考习作。这首诗用词直白，人们只要通读一遍，便可以大概理解这首诗想要表达的意思。

　　为什么白居易写诗会如此直白呢？这与他"文章合为时而著，歌诗合为事而作"的思想有关，他认为文章与诗歌应该用来反映时事和现实。他写诗的目的很明确，就是要补察时政，教化民众。白居易在《新乐府序》中明确提出了他对于写作的看法，即"为君、为臣、为民、为物、为事而作，不为文而作也"。通过创作大量的反映时事和现实的诗作，让统治者可以体会政治得失，从而改善国计民生。

　　白居易的《秦中吟》是一首反映社会现实的诗作，该诗从婚姻、赋税、人情、官场等方面下笔，反映当时很多的政治问题和民间疾苦，诗人将自己的所见所闻写入诗篇，借此来救济人病、裨补时阙。

　　《卖炭翁》和《观刈麦》是白居易笔下著名的讽喻诗。他在《卖炭翁》中写卖炭翁"可怜身上衣正单，心忧炭贱愿天寒"，可最终却被两位官人以"半匹红纱一丈绫"强行买走了一车的炭，以此揭露当时腐败的社会现实。《观刈麦》则是通过对农民秋收时繁忙景象的描写，以"家田输税尽"来映射百姓赋税繁重的社会现实。

　　大多数人觉得，诗歌要想写得华美很难，其实像白居易一样将诗写得浅显易懂也不简单。事实上，白居易的诗能有如此成就是他刻意修炼的结果。北宋文学家张文潜曾说："世以乐天诗为得于容易，而耒（即张文潜）尝于洛中一士人家，见白公诗草数纸，点窜涂抹，及其成篇，殆与初作不侔。"可见要达到浅显易懂、琅琅上口的效果，是需要经过反复修改的。

　　显然，白居易的这些努力没有白费，他的诗作成为自古以来传唱最广的诗篇。白居易去世之后，唐宣宗李忱写诗悼念他说："缀玉联珠六十年，谁教冥路作诗仙。浮云不系名居易，造化无为字乐天。童子解吟长恨曲，胡儿能唱琵琶篇。文章已满行人耳，一度思卿一怆然。"（《吊白居易》）由此可见白居易诗作的影响力。

【知识延伸】

白居易的长篇叙事诗

白居易最广为流传的名篇，应属他所作的两篇长篇叙事诗：《长恨歌》和《琵琶行》。

《长恨歌》可分为三个部分，第一部分交代唐玄宗与杨贵妃的爱情生活，唐玄宗整日沉溺于美色，致使安史之乱爆发；第二部分写马嵬兵变，杨贵妃被杀，书写了唐玄宗对杨贵妃的思念之情；第三部分写唐玄宗派人苦寻杨贵妃，以及杨贵妃在蓬莱宫接见使者的情景。此诗既歌颂了二人之间可歌可泣的爱情，又对唐玄宗因沉迷美色而误国进行了批判。

《琵琶行》是写于白居易被贬为江州司马期间，本诗通过描写琵琶女高超的演奏技艺及她的不幸遭遇，表达了诗人对其深切的同情，也批判了当时社会民生凋敝、人才埋没等一系列不合理的现象，同时也抒发了诗人对于自己无辜遭贬的愤懑之情。

第四节　陆游

【典籍溯源】

> 放翁万首诗，遣词用事，少有重复者。惟晚年家居，写乡村
> 景物，或有见于此，又见于彼者。

> ——赵翼《瓯北诗话》

陆游是我国伟大的爱国诗人，他一生写下了无数爱国诗篇。清代学者赵翼在《瓯北诗话》中对于陆游的诗作做出了极高的评价，他认为陆游的诗歌成就高于苏轼，陆游一生写了近万首诗歌，但其诗中的遣词造句却少有重复，诗中用词之丰富，在诗人之中实为罕见。

【诗歌文化】

陆游（1125—1210），字务观，号放翁，南宋时期著名的爱国诗人。陆游在诗歌方面卓有成就，赵翼曾评价陆游的诗作："宋诗以苏、陆为两大家，后人震于东坡之名，往往谓苏胜于陆，而不知陆实胜苏也。"他认为陆诗应为宋诗第一，成就高于苏诗。陆游一生笔耕不辍，留下了九千多首传世佳作。

陆游出生于书香世家，祖上世代为官，受家庭环境的熏陶，他从小就有着异于常人的文学天赋。可是陆游所处的时代并不好，他生于北宋灭亡之际，彼时金国占据了中原，宋高宗赵构在临安（今浙江杭州）建立了南宋政权。陆游的父亲也带着一家老小南迁至山阴（今浙江绍兴）避难，所

以陆游年少就经历了背井离乡、家国不幸，这使得他树立了抗击金兵、收复故土的理想，并且一生都在为这个理想而努力奋斗，这从他生平的诗作中都可以反映出来。

当陆游得知南宋朝廷收复了西京洛阳的时候，他兴奋地写下了"白发将军亦壮哉，西京昨夜捷书来"（《闻武均州报已复西京》），可是后来南宋朝廷面对敌人一味求和，陆游痛心疾首地写下了《关山月》，以豪门贵族"朱门沉沉按歌舞，厩马肥死弓断弦"和戍边战士"戍楼刁斗催落月，三十从军今白发"进行对比。一边是皇亲贵胄歌舞升平，不思收复河山；一边是戍边战士从青春到白发，依旧报国无门，表达了作者的悲愤之情。作为爱国诗人的陆游，他的悲欢与国家的存亡紧紧相连，以收复失地为喜，以国土沦丧为悲。

陆游的诗作是以坚持抗金、讨伐投降派和抒发报国热情以及排遣壮志难酬的愤懑为主要内容。他生不逢时，无法以身报国，只能将浓烈的爱国热情写进诗中。他除有大量的爱国诗篇外，还有一些描写田园风光的作品，例如《游山西村》一诗，就通过写游村过程和见闻，道出"山重水复疑无路，柳暗花明又一村"的道理。

陆游的一生过得极其不容易，因为与朝廷理念不合，在仕途中遭受了接二连三的打击，即使这样，他对于国家依旧爱得热烈。陆游直到去世前依旧惦记着国家统一，留给了后代一首绝笔诗，名为《示儿》，诗中言"死去元知万事空，但悲不见九州同。王师北定中原日，家祭无忘告乃翁"。在这首诗中，陆游道尽了自己未能看到国家统一的遗憾。

陆游的爱国精神历来为人们所赞扬，钱锺书先生评"爱国情绪饱和在陆游的整个生命里，洋溢在他的全部作品里"，"位卑未敢忘忧国"就是陆游一生最真实的写照。

【知识延伸】

陆游的爱情

陆游也写过一些爱情诗。说起他的爱情诗，就不得不提这位爱国诗人背后的爱情故事。

陆游曾有一位挚爱之人，名为唐婉，但是陆游的母亲不喜欢唐婉，于是便棒打鸳鸯。陆游不敢忤逆母亲，便与唐婉分开了。多年之后，二人在沈园再次相遇，陆游见人感事，便作了一首《钗头凤·红酥手》，题于沈园的墙上，全诗记述了二人的这次相遇，表达了自己对于曾经爱人的眷恋之深与相思之切。后来唐婉再次来到沈园，看到了墙上陆游留下的诗句，于是便回了一首《钗头凤·世情薄》。二人之间无法弥补的遗憾，却促成了爱情诗名篇《钗头凤》的问世。

第五节　龚自珍

【典籍溯源】

> 综自珍所学，病在不深入，所有思想，仅引其绪而止，又为瑰丽之辞所掩，意不豁达。虽然，晚清思想之解放，自珍确与有功焉。

——梁启超《清代学术概论》

《清代学术概论》是由近代学者梁启超撰写的一部学术史著作，全书共分为启蒙、全盛、蜕分、衰落四个阶段，系统地叙述了从明朝末年至20世纪初年的学术思想的发展过程。

梁启超在书中对龚自珍做出了评价，他认为龚自珍对于推动晚清时期的思想解放起到了巨大的作用。但是，他也客观地指出了龚自珍作品中的问题，那就是龚自珍的一些思想观点比较浅显。不过，近代思想的变革是从龚自珍开始的，这点是毫无疑问的。

【诗歌文化】

龚自珍（1792—1841），字璱人，号定盦（一作定庵），浙江临安（今杭州）人。由于他晚年居住于昆山羽琌山馆，因此又号羽琌山民。龚自珍是清代思想家、诗人、文学家和改良主义的先驱者。

龚自珍生活在晚清时期，龚家是杭州的名门望族，龚自珍的祖父、父亲、母亲等都很有文学修养，在这样的家庭中长大的龚自珍也是满腹才华。龚家三代中，有七人都考取了进士，受这种家庭风气的影响，龚自珍也将考取功名、入仕做官作为自己的人生追求。

然而，龚自珍的仕途坎坷。嘉庆二十三年（1818年），27岁的龚自珍考中了举人，后来接连参加了五次会试，均落第。直到到道光九年（1829年），在第六次会试中，龚自珍终于考取了进士功名，得了一个内阁中书的职位。龚自珍好不容易进入仕途，却因他常常直言时弊，所以不断受到朝中权贵的排挤。最终在道光十九年（1839年），48岁的龚自珍决定辞官回家。在回家的路途中，龚自珍百感交集，写下了许多饱含激情、忧国忧民的诗文，这就是著名的《己亥杂诗》组诗。

《己亥杂诗》组诗总共有三百一十五首，题材极为广泛，其中既写时政，又述见闻，还思往事，在抒情中掺杂议论，在呼唤、批判中抒发感慨，表明态度，寄予心愿。

《己亥杂诗》中最为出名的一首诗就是《己亥杂诗·九州生气恃风雷》：

九州生气恃风雷，万马齐喑究可哀。

我劝天公重抖擞，不拘一格降人才。

这首诗是《己亥杂诗》中的一首七言绝句，龚自珍身处风雨飘摇的清朝末年，整个社会死气沉沉、了无生机，诗人极度渴望通过自己的努力来改变这种社会现状，他迫切地希望清廷可以通过变革的方式变大变强，于是，他便以祈祷天神的口吻作了这首《己亥杂诗》。

全诗使用了"九州""风雷""万马""天公"这样的意象，是诗人以奇特的想象在抒发自己期望变革图强以及期望人才涌现的强烈愿望，这首诗可以说在当时极具现实意义。

【知识延伸】

《己亥杂诗》其五赏析

　　龚自珍另一首较为出名的《己亥杂诗·浩荡离愁白日斜》为组诗的第五首，这首诗主要写的是诗人辞官离京的感受。他虽然离开官场，但是依旧想以其他的方式为国家效力——回到家乡后致力于讲学，培养下一代的学子。龚自珍离开京城既代表着一种结束，也代表一种新的开始。这首诗的一字一句，无一不体现着诗人博大的胸怀。

　　　　己亥杂诗·浩荡离愁白日斜
　　　浩荡离愁白日斜，吟鞭东指即天涯。
　　　落红不是无情物，化作春泥更护花。

　　诗人以凋零的花朵自喻，但他并不是在伤春悲秋，而是要"化作春泥"，将自己的学业和思想传给下一代，为国家尽自己的最后一份力。

第四章　中华诗歌中的典故

第一节　《长干行》与尾生抱柱

【典籍溯源】

> 虽是儿女子喝喝，却原带英雄之气，自与他人闺怨不同。
>
> ——黄周星《唐诗快》

《唐诗快》是由清代文学家黄周星所编写的一本唐诗选集，共有十六卷。这本书之所以命名为"唐诗快"，是由于作者选取的都是淋漓尽致地抒发感情的诗歌作品，使读者读了之后亦感到痛快。

黄周星在《唐诗快》中评价李白的《长干行》虽然写的是女子的闺怨，但却与他人的闺怨诗不同；虽写了少妇对远方行商丈夫的怀念，却又自带豪迈的英雄之气。

【诗歌文化】

《长干行》共有两首，是我国浪漫主义诗人李白所写的爱情组诗，而尾生抱柱这一典故正是出自《长干行》其一中的"常存抱柱信，岂上望夫台"。

这首诗写于李白初游金陵（今江苏南京）之时，长干是地名，位于今南京秦淮区中华门外秦淮河南。该诗描写的是一位居住在长干的商妇，诉说自己的爱情生活，倾诉对远方丈夫的殷切思念。

其中用典的这一句"常存抱柱信，岂上望夫台"，所表达的意思是（商妇）常常抱着至死不渝的信念，谁曾想如今却到了走上望夫台的地步。其中"抱柱"，用来代指至死不渝的爱情。

这句诗借用了尾生抱柱这一典故，它出自《庄子·杂篇·盗跖》，原文为："尾生与女子期于梁下，女子不来，水至不去，抱梁柱而死。"

相传在春秋时期，鲁国有一位青年名叫尾生，此人是一个很守信用的人。后来，他搬到陕西韩城居住，偶然结识了一位妙龄女子，二人一见钟情，很快便私订了终身。

可是女子的父母嫌弃尾生是一个穷小子，坚决不同意将女儿嫁给他。古时候婚姻大事，通常是"父母之命，媒妁之言"，只要父母反对，真心相爱的两人就没有办法在一起，可是尾生和女子都不想放弃。有一次二人偷偷约会时，便约定要一起远走高飞，到一个没有人认识他们的地方，开始新的生活。于是，二人便约好三日后在城外的木桥下碰面。

这天，尾生早早来到约定地点等候，可是迟迟不见女子的身影。恰逢天公不作美，下起了倾盆大雨，没过多久，洪水肆虐，朝尾生的方向席卷而来，瞬间没过了他的腿部，然而这时候女子仍然没有赶来。尾生想起几日前两人的海誓山盟，想起女子的誓言，他并没有选择离开，而是选择抱住桥的柱子，稳定身形，继续在原地等候。

暴雨不停，洪水淹没了尾生的身体。等到暴雨停歇，河水退去，女子终于赶来，看到尾生已抱柱而死，于是放声大哭。原来女子和尾生私奔的事情被父母知晓，父母便把她关了起来，直到听说尾生被淹死，才将她放了出来。女子见心爱之人已死，心中悲痛万分，却又无力回天，随后跳河自尽殉情。

尾生抱柱的故事表达了人们对忠贞爱情的赞美，而这一成语典故也成为很多文人笔下专用的爱情典故。《长干行》正是借这一典故，来表达女子对丈夫忠贞不渝的感情。

【知识延伸】

成语"尾生抱柱"

尾生抱柱这个成语，多用来比喻坚守约定，始终不变，有时也用来比喻只知道死守约定，而不懂得权衡利害关系，不知变通。

众多文学作品中都使用过这一典故，例如明代著名戏曲家汤显祖曾在《牡丹亭》中写道："尾生般抱柱正题桥，做倒地文星佳兆。"近代文学家陆旋也曾在《观落花梦》中使用，书中写道："国恨家雠苦未并，恩仇两字太分明。尾生抱柱缇萦死，同梦碑前记姓名"。

第二节 《登快阁》与青眼有加

【典籍溯源】

> 至宋之山谷，诚不免粗疏涩僻之病。至其意境天开，则实能辟古今未泄之奥妙。而《登快阁》诗亦其一也。
>
> ——张宗泰《鲁岩所学集》

《鲁岩所学集》是清代张宗泰的诗词评论著作，共有十五卷。上文中的"山谷"指的就是大诗人黄庭坚，张宗泰认为黄庭坚的诗作虽然有粗疏涩僻的问题，但是其诗却意境天成，别有一番韵味，《登快阁》一诗便是这样的作品。

【诗歌文化】

《登快阁》为北宋诗人黄庭坚所作的一首七言律诗，这是他在太和知县任上，登快阁时所作。快阁位于今江西省吉安市，始建于唐代乾符元年（874年），起初为供奉观音大士之所，名为"慈氏阁"。宋初沈遵任当地县令期间，政事通达，人心和顺，他时常登阁望远，心旷神怡，于是便将此阁更名为"快阁"。

登快阁

痴儿了却公家事，快阁东西倚晚晴。

落木千山天远大，澄江一道月分明。

朱弦已为佳人绝，青眼聊因美酒横。

万里归船弄长笛，此心吾与白鸥盟。

本诗的大概意思是：我这个痴儿处理完了公事便来到快阁上放松一下心情，向远处望去万木萧条，天地广阔，在明月照耀下的澄江向远处流去。没有知己就不再弹琴，只有见到美酒眼中才有喜色。真想坐在一条船上吹着笛子去远方，陪着白鸥逍遥自在。

黄庭坚借登上快阁所看到的美景表达壮志难酬、有志难展的孤独寂寞之感。在"朱弦已为佳人绝，青眼聊因美酒横"一句中，黄庭坚使用了"青眼"这个典故，这个典故出自《晋书·阮籍传》："及嵇喜来吊，籍作白眼，喜不择而退。喜弟康闻之，乃赍酒挟琴造焉，籍大悦，乃见青眼。"

阮籍是三国时期魏国著名的文学家和思想家，为"竹林七贤"之一。阮籍在历史上以"狂"著称，是一个特立独行的狂人，他极为崇尚老庄哲学，厌恶封建世俗礼教，常以醉态和狂态示人，例如"青白眼""大醉六十日"，都是阮籍的"光辉事迹"。

阮籍在生活中经常做一些让常人不能理解的事情，例如在收到母亲去世的消息时，阮籍正在下棋，他居然坚持下完棋，再回去奔丧。这不免给人一种错觉，阮籍对于母亲的死无动于衷。但其实，在下完棋后，阮籍立刻失声痛哭，甚至还口吐鲜血，可见他因母亲的死而悲痛欲绝。

阮籍还经常以眼色来表达他的情绪，对待自己喜欢的人就用"青眼"，对待自己讨厌的人就用"白眼"。阮籍的青白眼是不分时机的，平常如此，在他母亲的葬礼上也依旧如此。

嵇康的哥哥嵇喜前来吊唁时，阮籍对他置之不理，而且还以白眼相对。嵇喜对于阮籍的这种行为很是不悦，回家就跟弟弟嵇康吐槽，嵇康对于阮籍十分了解，便对哥哥说："阮籍一向最讨厌那些追名逐利的世俗平庸之人，对待这样的人阮籍一律以白眼相待。"

　　说罢，嵇康带上自己的琴和一坛酒，去了阮籍家。由于与阮籍是挚友，所以嵇康并没有像其他人一样到灵前祭拜，而是直接走到了阮籍面前，与他对饮弹琴。阮籍看到嵇康来，果然用青眼（正眼）相视。

　　自此之后，"青眼"也成了典故，表示对人的喜爱和赞赏。后来，慢慢衍生出了"青眼有加"这一成语。

【知识延伸】

阮籍醉酒避亲

　　阮籍曾以"大醉六十日"来躲避有权有势之人的求亲。由于阮籍是当时的名士，因此好多人想要拉拢他，当时权势滔天的司马昭，就想通过与阮籍结亲的方式，招揽他为自己所用。

　　可是阮籍并不想和司马昭结亲，于是他每天拼命喝酒，将自己灌醉，整日处于一个醉态之中，致使司马昭派来提亲的人根本就无法开口。阮籍连续醉了六十天，司马昭也只好打消了结亲的念头。

　　阮籍的种种行为，看似癫狂，实则是那个时代的一种明哲保身之举，他才是真正的大智若愚之人。

第三节　《舟中作》与莼鲈之思

【典籍溯源】

　　翰因见秋风起，乃思吴中菰菜、莼羹、鲈鱼脍，曰："人生贵得适志，何能羁宦数千里以要名爵乎！"遂命驾而归。

——房玄龄《晋书》

　　《晋书》为我国二十四史之一，是由房玄龄等人共同编撰的史书。此书记载了由东汉末年司马懿早年至东晋恭帝元熙二年的历史，今存一百三十卷。《晋书》与其他史书相比，有四个特点：一是作者众多，二是体例创新，三是弥补旧史不足，四是记载完备。

　　"莼鲈之思"这一成语出自《晋书》。这里的"翰"指张翰，字季鹰，西晋时期的文学家，他有一次见秋风涌起，便开始想念家乡的菰菜、莼羹、鲈鱼脍等菜肴，进而产生了情真意切的思乡之情。所以，后来人们以"莼鲈之思"来比喻怀念故乡之情。

【诗歌文化】

　　《舟中作》是南宋爱国诗人陆游的一部诗作，其中蕴含了诗人壮志难酬的愤慨。

舟中作

会稽城上角鸣鸣，日落烟村暝欲无。

千载虚名笑张翰，一官元不直莼鲈。

这首诗的意思是：会稽城上号角呜呜作响，太阳快下山了，远处的山村笼罩在炊烟中，几乎已经看不见了。张翰为了莼鲈就放弃了官位，高官厚禄居然比不上一道菜，我想要被朝廷重用，却如何都实现不了。

陆游在"千载虚名笑张翰，一官元不直莼鲈"一句中使用了"莼鲈之思"的典故。那么陆游所说的"莼鲈"究竟是什么？又有什么特殊含义呢？

西晋文学家张翰因思念家乡和家乡的特色美食，写下了著名的《思吴江歌》："秋风起兮木叶飞，吴江水兮鲈正肥。三千里兮家未归，恨难禁兮仰天悲。"

当时，张翰在西晋朝中为官，在齐王司马冏手下工作，任司马府的东曹掾，负责监察百官。张翰因才能无法施展，对于官位心生厌倦，正好眼前的景象又勾起了他的思乡之情，于是便向司马冏递交了辞职信，并说："人生贵得适志，何能羁宦数千里以要名爵乎？"张翰认为人生最重要的就是要随自己的心意去生活，怎么能为了追求名利而不远千里到这官场沉浮？正好借着想念家乡美食的理由辞官回家了。

后来，张翰的"莼鲈之思"就慢慢演变为了一个典故，既用于表达思乡之情，也喻指文人退隐的含义，意蕴深刻，影响深远。

在后代的诗词中，经常会出现"莼鲈"这个典故，除了前面列举的陆游的诗作，苏轼曾在《四月十一日初食荔枝》中写"我生涉世本为口，一官久已轻莼鲈"，借"莼鲈之思"来表达自己想要实现政治抱负的理想信念。辛弃疾在《水龙吟·登建康赏心亭》也曾写"休说鲈鱼堪脍，尽西风，季鹰归未"，来表达自己有家难归的乡思。

【知识延伸】

张翰的家乡——吴江

张翰为江苏省吴江人，吴江因太湖的一条支流吴淞江而得名，这里盛产鲈鱼，极为美味。据《南郡记》中记载，隋炀帝下江南时，吴江人曾为隋炀帝奉上淞江四鳃鲈，隋炀帝品尝之后，认为这道菜"金荠玉脍，东南佳味也"，对其赞誉有加。

唐代大诗人李白在《金陵送张十一再游东吴》曾言"张翰黄花句，风流五百年"，李白因拜读过张翰的诗作，熟知莼鲈典故，便将吴江作为自己的云游之地。李白在吴江游历时，认为吴江的名山要比美味的莼鲈更吸引人，还写下了"此行不为鲈鱼鲙，自爱名山入剡中"（《秋下荆门》）的名句。

第四节 《过故人庄》与鸡黍之交

【典籍溯源】

> 孟集有"待到重阳日，还来就菊花"之句，刻本脱一"就"字，有拟补者，或作"醉"，或作"赏"，或作"泛"，或作"对"，皆不同，后得善本是"就"字，乃知其妙。
>
> ——杨慎《升庵诗话》

《升庵诗话》又名《乐府诗话》，共有十四卷，是由明代杨慎撰写的一部诗论著作。本书主要以评论诗人和鉴赏诗歌为主，作者主张应向历朝历代的优秀诗歌学习，批评了世人盲目尊唐的做法，对宋诗给予了肯定。

杨慎曾对孟浩然《过故人庄》一诗中的"待到重阳日，还来就菊花"一句进行了鉴赏，他觉得其中的"就"字用得甚妙，诗人本意就是来"赏菊花"，可偏偏使用了"就"字，因为"就"字有特意过来的含义，更能体现诗人与友人之间的依依惜别之情。

【诗歌文化】

《过故人庄》为唐代山水诗人孟浩然的名篇，本诗写的是作者到一位农村朋友家做客的经过。开篇以"故人具鸡黍，邀我至田家"说明了作此诗的原因，诗中一字一句看似在描写田园风光，实则蕴含了诗人与朋友之间真挚的友情。

过故人庄

故人具鸡黍，邀我至田家。

绿树村边合，青山郭外斜。

开轩面场圃，把酒话桑麻。

待到重阳日，还来就菊花。

这首诗的大概意思是：老朋友准备了丰盛的饭菜，邀请我去他家，绿树环绕着村庄，青山在城外横卧。推开窗户面向这菜园谷场，边喝酒边闲聊庄稼情况。约定好等到重阳节到来，我们再一起在这里观赏菊花。

"故人具鸡黍，邀我至田家"中的"鸡黍"是一个典故，鸡指的是鸡肉，古代的黍指黄米，是一种上等主食，"鸡黍"在古代是很丰盛的饭菜，通常用来招待客人或朋友。

关于"鸡黍"在很多典籍中都有记载，例如《论语·微子》中言："止子路宿，杀鸡为黍而食之"，子路有一次随孔子游学时落了后，他在路上遇到了一位老人家，便向他问路，老人见子路的态度非常恭敬，便让他留宿家中，还拿出"鸡黍"来招待他。

"鸡黍"一词最早出自《后汉书·独行列传》中范式和张劭的故事。东汉时期有一个人叫作范式，他在太学读书时结交到了一个好朋友，名叫张劭。后来各自返乡时，范式与张劭约定两年后要去他家拜访。二人约定好见面的日期之后，便各自回家了。

转眼间，两年过去了，距离两人约定见面的日期越来越近，张劭便请母亲杀鸡买米，准备筵席，迎接老朋友范式。但是，母亲觉得都已经过了两年，而且两个人离得这么远，范式不一定会来，于是便问儿子："你怎么确定范式会来？"

张劭回答道："我了解范式，他是非常讲信用的人，一定会信守承诺，准时来拜访。"果不其然，正如张劭所说的那样，到了约定的那天，范式如约而至，两个许久未见的老友在一起享用饭菜，把酒言欢，十分尽兴。

后来张劭病重，临死前叹息，遗憾不能再见老朋友范式一面。张劭死后，托梦给范式，并且告知了他下葬的时间，询问老友能不能再来见他最后一面。范式瞬间被惊醒，先是悲伤长叹，后来又大哭一场。

到了下葬那天，范式穿着丧服快马加鞭赶到张劭家。这时张家已经发丧，可是到了墓地后，张劭的棺材却怎么也放不进墓穴中，这让在场的所有人都很疑惑。只有张劭的母亲知道，他是在等着好友范式的到来。这时范式骑马赶来，对着张劭的棺材痛哭告别，棺材最终才放进了墓穴。张劭下葬后，范式留在了坟地，为他种树修坟后，才离开。

范式与张劭的友情确实让人感动，因此也成了后世推崇友情的典范，后来人们就用"鸡黍"衍生出一个成语"鸡黍之交"，来形容朋友之间超越生死的友情。

【知识延伸】

八拜之交

鸡黍之交与知音之交、刎颈之交、胶漆之交、舍命之交、生死之交、管鲍之交、忘年之交合称为八拜之交。

这些成语都是用来赞扬朋友情义的，知音之交歌颂的是俞伯牙和钟子期的友情；刎颈之交指的是廉颇和蔺相如；胶漆之交说的是陈重和雷义；舍命之交则是用来形容角哀和伯桃之间的友谊；生死之交是形容刘备、张飞、关羽之间的兄弟情义；管鲍之交指的是管仲和鲍叔牙；忘年之交指的则是孔融和祢衡之间的交往。

第五节　《赠从兄襄阳少府皓》与平步青云

【典籍溯源】

　　于是，范雎盛帷帐，侍者甚众，见之。须贾顿首言死罪，曰："贾不意君能自致于青云之上，贾不敢复读天下之书，不敢复与天下之事。"

　　　　　　　　　　　　　——司马迁《史记·范雎蔡泽列传》

　　《史记》是我国第一部纪传体通史，二十四史之一，作者是西汉的司马迁。全书包括十二本纪（帝王政绩）、三十世家（诸侯国和汉代诸侯的事迹）、七十列传（主要为人臣的言行事迹）、十表（大事年表）、八书（各种典章制度），共一百三十篇。

　　平步青云这一成语的含义是一下子登上了很高的官位，出自《史记·范雎蔡泽列传》。文章中记述了范雎帐前审须贾的故事，平步青云这一成语正是出自须贾之口。

【诗歌文化】

　　开元十五年（727年），李白仕途无望，于是便到襄阳去拜访已经官居高位的韩朝宗，希望可以求得一官半职。

　　可在韩朝宗这里，李白仍未获得举荐。李白接二连三失败的原因就在于他的自荐信太过于豪放不羁，没有体现出一种求人办事的态度。在韩朝宗拒绝帮助他后，李白去襄阳向堂兄乞求救济，便写下了《赠从兄襄阳少府皓》。

赠从兄襄阳少府皓

结发未识事，所交尽豪雄。却秦不受赏，击晋宁为功。

托身白刃里，杀人红尘中。当朝揖高义，举世称英雄。

小节岂足言，退耕舂陵东。归来无产业，生事如转蓬。

一朝乌裘敝，百镒黄金空。弹剑徒激昂，出门悲路穷。

吾兄青云士，然诺闻诸公。所以陈片言，片言贵情通。

棣华倘不接，甘与秋草同。

诗的前半部分，李白先对年少时期的裘马轻狂进行了叙述，后半部分则写了他在仕途中接连受挫，想要获得别人的帮助和接济。这首诗从表面上看，好像是一首求人接济的诗作，但是却被诗人写得英风侠气、豪情满怀。

在诗中"吾兄青云士，然诺闻诸公"中的"青云"有高官显爵的意思。我们常常在古人的作品中见到"青云"这个词语，汉代扬雄在《解嘲》中就写过："当涂者升青云，失路者委沟渠"；司马光在《和任屯田感旧叙怀》也曾写："自致青云今有几，化为异物已居多"。这些作品中的"青云"，都有着官居高位的含义。

为什么"青云"一词被赋予了这样的含义呢？这与《史记》中记载的一个人有关。

此人名为范雎，是战国时期魏国人，原是魏中大夫须贾的门客。有一次，范雎随须贾出使齐国，因能言善辩受到了齐王的奖赏。须贾听说了这件事，就怀疑范雎与齐国私通，还将此事上报给了魏国的国相。国相非常恼怒，令人毒打范雎，但是范雎拒不承认。后来，范雎装死逃过一劫，在好友郑安平和秦国使者王稽的帮助下，更名为张禄，逃到了秦国。

到了秦国之后，范雎的才能得到了秦王的认可，他向秦昭襄王提出了远交近攻的方针，帮助秦国开疆拓土，秦国的国势得到了前所未有的发展，最终范雎也被拜为秦国宰相。

后来，魏国派须贾出使秦国，当范雎以秦国相国身份出现在须贾面前时，须贾大惊失色，连忙求饶，脱下衣服用膝爬行，为之前犯下的过错向范雎谢罪。

范雎大摆威仪接见他，须贾叩头称死罪，说："贾不意君能自致于青云之上，贾不敢复读天下之书，不敢复与天下之事。"意思是我没想到您能官居相国之位，我以后不敢再读天下书，参与天下事，我有死罪，请您随意处置吧。

青云本来指青天，须贾用青云来形容范雎的相国之位。青云的说法也就此沿用下来，后来还逐渐衍生出了"平步青云"这一成语，用于形容人一下子登上了很高的官位。

【知识延伸】

韩朝宗

韩朝宗是唐睿宗时期的名臣，曾担任左拾遗，因劝阻唐睿宗推广寒胡戏有功，被擢升为中上考。韩朝宗任职时，善于发现人才，非常喜欢提拔后生，崔宗之、严武、蒋沇等人都是经他推荐入仕朝廷的。

正是因为韩朝宗喜欢提拔后进，李白才在四处碰壁后，将希望寄托于韩朝宗身上，写下了著名的《与韩荆州书》来自荐。李白在其中写下了"生不用封万户侯，但愿一识韩荆州"，希望可以得到他的举荐。但是，文章并未打动韩朝宗，李白也没有得到他的举荐。

第二篇

赋

第一章　中华辞赋的起源与发展

第一节　从"短赋"到"骚赋"

【典籍溯源】

> 相如曰："合綦组以成文，列锦绣而为质，一经一纬，一宫一商，此赋之迹也。赋家之心，苞括宇宙，总览人物，斯乃得之于内，不可得而传。"
>
> ——刘歆《西京杂记》

《西京杂记》是一部古代历史笔记小说集，为汉代刘歆所著，东晋葛洪辑抄。"西京"指的是西汉的都城长安，这本书写的是西汉的杂史和一些奇闻逸事，著名的"昭君出塞""卓文君与司马相如私奔"等故事，都是出自这本书。

所谓"赋之迹"，指的是赋作的外在艺术形式，赋家在作赋时一定要铺排巧妙、辞藻华丽、音调铿锵。所谓"赋家之心"，指的是赋家的内心世界，既能包揽宇宙，又能总览人物。

【辞赋文化】

何谓"赋"？赋是一种韵文，因此作赋时必须做到押韵，押韵可以说是写赋的最基本要素。我们经常说"无韵不成诗"，这句话对于赋同样适用，无韵同样不成赋。

赋这一文学体裁最早出现于诸子散文中，名为"短赋"。春秋战国时期，学术史上出现了百家争鸣的盛况，在当时的诸子散文中，开始出现了以"赋"来作为文章名称的文体，也就是我们所说的"短赋"。但是此时，赋仅仅是散文中的一个形式。

以屈原的作品为代表的"骚体"是诗向赋过渡的标志，我们称之为"骚赋"，也称作骚体赋。骚赋注重咏物抒情，且多抒发抑郁之情。提起"骚赋"，就不得不说一下《楚辞》。骚体赋是在《楚辞》的基础上发展起来的，它沿袭了《离骚》的格调，有着强烈的感情色彩。

首次提出"骚体赋"的人为西汉初年的贾谊，他的代表作品主要有《吊屈原赋》《鵩鸟赋》。此外司马相如的《长门赋》、司马迁的《悲士不遇赋》等，都是骚体赋中的名篇。

全篇善用"兮"字是骚体赋的显著特点，我们以贾谊的《吊屈原赋》中的几句为例，"恭承嘉惠兮，俟罪长沙；侧闻屈原兮，自沉汨罗。造讬湘流兮，敬吊先生；遭世罔极兮，乃殒厥身"，全篇句句不离"兮"字，而这样行文的目的在于用"兮"字来把握诵读节奏和渲染情感。骚体赋中关于"兮"字摆放的位置，也没有什么严格要求，既可以放在第一分句的尾字处，也可以放在句子中间，还可以放在第二分句的尾字处。

骚体赋的另一个特点就是标题中通常含有"赋"字，例如《二京赋》《上林赋》等，而区分骚体赋和骚体诗的标准，就在于标题中有没有"赋"字。

此外，作骚体赋时，在篇幅方面长短不拘，百字千字均可，句式较为灵活，多为四言和六言句，讲究对仗，赋中多使用排比句，读起来激昂有力。骚体赋中也需要押韵，但要求并不严格，可以自由换韵。

【知识延伸】

《鵩鸟赋》

《鵩鸟赋》是贾谊创作的一篇骚体赋，是他被贬谪长沙时所作，这里的鵩鸟指的是猫头鹰。贾谊在这篇赋的序言中交代了作赋原因：一天，一只猫头鹰飞到了他的屋子里，贾谊认为猫头鹰是不祥之鸟，加上此时遭贬心情不好，便认为自己命不久矣，于是写下了这篇《鵩鸟赋》。

《鵩鸟赋》为贾谊的自遣之作，全文通过贾谊与鵩鸟的问答来展开，抒发贾谊因遭贬愤懑不平的情绪，并且贾谊还在问答之中融入了老庄齐生死、等祸福的思想，以求宽慰自己，寓情于理，情理交融，实乃一篇上乘赋作。

第二节　汉代辞赋大兴

【典籍溯源】

　　贾生之赋志胜才，相如之赋才胜志……相如之渊雅，邹阳、枚乘不及；然邹、枚雄奇之气，相如亦当避谢。

——刘熙载《艺概》

　　《艺概》成书于同治十二年（1873年），是清代刘熙载对自己多年来谈文论艺内容的整理与汇编。全书共分为六卷，有《文概》《诗概》《赋概》《词曲概》《书概》《经义概》，书中对于文、诗、赋、词、书法、八股文的性质特征、表现技巧等方面进行了论述，也夹杂了一些作者对于历代作家作品的评论。

　　刘熙载在此书中对于汉代的辞赋名家都做了评价，他认为贾谊的辞赋志胜才，司马相如的辞赋才胜志，邹阳与枚乘的赋作不如司马相如的渊雅，而司马相如的赋作也不如邹阳、枚乘的雄奇。

【辞赋文化】

　　辞赋是一种不同于文，也不同于诗的文体，因"辞赋"在汉代脱颖而出，所以后世往往将其看作汉代文学的代表，故又有"汉赋"之称。汉代辞赋只能算是一个泛称，骚体赋、散赋、骈赋、律赋、文赋都可以统称为辞赋。

　　辞赋之所以能成为汉朝的主流文学体裁，与当时的社会状况有着密切的联系。

秦朝灭亡后，楚汉争夺天下，又打了很多年的仗，最终以刘邦胜利，建立汉朝告终。汉高祖刘邦是一个胜利者，可是迎接这个胜利者的是被战争折磨得千疮百孔的民生与经济，国家的各个领域都相当凋敝。

汉朝刚刚建立时，举国上下是怎样的一片惨状？《汉书·食货志》中记载："汉兴，接秦之敝，诸侯并起，民失作业，而大饥馑。凡米石五千，人相食，死者过半。"诸侯叛乱，百业凋敝，民不聊生，这便是摆在汉高祖刘邦面前的社会现实。

面对这种现状，汉初的统治者都秉承"清静无为"的黄老之学来治国，以此来休养生息。汉朝在历经了高祖、文帝、景帝三位皇帝后，国力日益强盛，汉武帝即位后，更是将汉王朝推向了顶峰，这位"千古一帝"缔造了一个繁荣的汉武盛世。

也正是这样的和平盛世，让辞赋有了兴盛的土壤，文人雅士的眼界和胸襟得以开阔，大量的辞赋作品也相继问世。汉武帝雅好文艺，不仅附庸风雅，而且好大喜功，所以招揽了很多文臣雅士在自己身边。因此，在这一时期，有好多歌颂帝王功德的辞赋应运而生，最为著名的就是司马相如的《子虚赋》和《上林赋》。

汉赋的主要内容可以分为五类：一是描写帝王游猎场面，为歌颂帝王所作的辞赋；二是描写宫殿城市壮观场面的辞赋；三是叙述赋家自身旅行经历的赋作；四是抒发怀才不遇之情的作品；五为写禽兽草木的辞赋。

从汉赋的形成与发展看，我们可以将其分为三个阶段。

第一个阶段是汉初。西汉初期，赋家承楚辞遗风，此时"骚体赋"盛行一时。这一时期的代表人物为贾谊、枚乘、淮南小山（淮南王刘安的一部分门客的共称）等。

第二阶段是西汉中期。西汉中期，"骚体赋"逐渐演变为散体赋，散体赋通常采用"主问客答"的形式来进行写作，由于其散文意味较重，所以被称作"散体赋"。有些赋作篇幅较长，故又有散体大赋之称。这一时期是汉赋最为兴盛的阶段，其代表人物为司马相如、扬雄、班固等。

第三阶段为东汉中期。在这一时期，抒情、言志的小赋日益兴盛。这些小赋一般篇幅较短，注重抒发情感，精炼耐读，对促进后世文学的发展有着重要意义。这一时期的代表人物有张衡、赵壹、蔡邕、祢衡等人。

【知识延伸】

汉赋四大家

被誉为"汉赋四大家"的是班固、司马相如、扬雄和张衡，他们对后世文坛影响深远。

班固是东汉时期著名的史学家和文学家，他撰写了西汉断代史《汉书》，其汉赋代表作为《两都赋》。司马相如为西汉著名辞赋家，代表作品为《子虚赋》和《上林赋》，有"汉赋第一大家"的称号。扬雄为西汉时期的哲学家和文学家，代表作主要有《长杨赋》《甘泉赋》《羽猎赋》等。张衡为东汉时期的科学家和文学家，其汉赋代表作主要有《二京赋》《南都赋》等。

第三节　辞藻华丽的骈赋

【典籍溯源】

　　六经之文，班班具存。自秦迄隋，其体递变，而文无异名。
自唐以来，始有古文之目，而目六朝之文为骈俪。而为其学者，
亦自以为与古文殊路。

——李兆洛《骈体文钞》

　　《骈体文钞》是清人李兆洛编选的一部文集，收录了先秦至隋的一些
优秀骈体文作品，又被称为《骈体文总集》。全书共三十一卷，上编十八
卷，主要包括铭刻、颂、诏书等文体；中编八卷，主要包括论、序、碑记
等问题；下编六卷，主要包括边珠、杂文等文体。

　　李兆洛所提的"六朝之文为骈俪"，即是说魏晋南北朝时期的骈体
文颇为盛行。我国古代辞赋发展到魏晋南北朝时期，也表现出了明显的
骈俪特征，这种主动对偶的骈赋与其后唐代呈现出明显格律的律赋是完
全不同的。

【辞赋文化】

　　骈赋于魏晋之初形成，尤其在建安时期，不少文人以骈赋取代了汉
赋。"三曹"与"七子"对骈赋的形成做出了重要贡献。"三曹"指的是
曹操与其子曹丕、曹植，"七子"指的是建安年间的七位文学家——孔
融、陈琳、王粲、徐干、阮瑀、应玚、刘桢。当时，曹植所著的《求自试

表》，曹丕所著的《与朝歌令吴质书》，孔融所著的《荐祢衡表》等，都已经具备骈赋的基本特征。

到了西晋时期，有许多作家创作骈赋，西晋学者傅玄、张华、陆机等人所创作的骈赋在当时几乎成为文学之正宗。但是到了东晋以后，骈赋创作一度趋于沉寂。到了南北朝时期，骈文这种文学形式开始受追捧，骈文中几乎所有句子都是排偶句，而这些语句也要求从典籍中提取。这种追求形式技巧的方式不仅让骈文在南北朝时期迅速发展起来，还深刻影响了辞赋的发展。这个时候辞赋又重新兴盛起来，当时的辞赋大体可分为两类：继承和发展魏晋以来的抒情骈赋，一些传诵的名篇大多属于这一类；沿袭汉代的大赋，以"体物"为主，偏重铺张和夸饰，作品不多并且成就不大。

南北朝时期，许多文人纷纷以骈偶之法作赋，创作出了许多优秀赋作，骈赋的发展也达到鼎盛。当时，无论是短札小文还是鸿篇巨作，都采用骈偶的形式进行书写。当时，颜延之、谢灵运等创造了"四六"句式——即在十字之内上下变化，或上六下四，或上四下六。到了齐梁时，沈约又创造了对诗歌格律影响很大的"四声八病"说。这些句式、格律都成为骈赋的特色与时尚，对后世文学造成了很大影响。

若按照所表现的内容及题材来划分，魏晋骈赋大致可分为咏物言志、借景抒情、思旧怀人三种类型。

1. 咏物言志

与咏物诗一样，咏物言志的骈赋可选择的对象很多，既有天上飞翔的白鹤，又有扎根大地的槐树，甚至是那深藏于坑洞中的老鼠，也是可以入赋的。恃才傲物的祢衡作《鹦鹉赋》，借鹦鹉的不幸来诉说自己的不幸；生逢乱世的应场则以《慜骥赋》中的良骥不遇抒发自己壮志难酬之情。

2. 借景抒情

魏晋乱世，文人志士多从自然之物中感悟人生愁苦。在众多借景抒情的骈赋中，以曹操的两个儿子曹植与曹丕所做赋作为多。曹植的《愁霖赋》《节游赋》《游观赋》，曹丕的《感物赋》《愁霖赋》《登城赋》，都是这类骈赋的代表之作。看来生在帝王之家，在对外物的感知方面，确实要比他人更敏锐一些。

3. 思旧怀人

思旧怀人的骈赋主要是感伤过去、哀悼亲朋之作，除曹植与曹丕的赋作外，向秀的《思旧赋》、陆机的《叹逝赋》、江淹的《别赋》都是个中精品。

虽然类型不同，但这些魏晋骈赋的特点却都大体相当，它们音节和谐，对比强烈，艺术感染力强，在引经据典时又含蓄雅正，是中国古典文学史上璀璨的明珠。

【知识延伸】

魏晋南北朝骈赋的特点

魏晋南北朝的骈赋与两汉的辞赋创作相比，赋的题材范围有了很大的扩展，抒情、说理、叙事、登临、伤别等内容，无一不可入赋。这一时期的骈赋，其抒情性大大加强，而在篇幅上则趋于短小。骈赋由于受到骈文的影响，通篇基本对仗，两句成联，但句式灵活，多用虚词，词气通顺，行文流畅，音韵自然和谐。骈赋的体制特点是：通篇对联，技巧出新；炼词熔典，讲究一定声律；犹如对联串连成文。骈赋与唐代的律赋相比，四六句要求不那么严格，平仄也比较随意。

第四节　程式化的律赋

【典籍溯源】

四声分韵，始于沈约。至唐以来，乃以声律取士，则今之律赋是也。

——陈鹄《耆旧续闻》

《耆旧续闻》是由南宋陈鹄所作的一本史料笔记，其中主要记载的是宋代名人言行、奇闻轶事，以及对诗词的一些评论，这本书是历代学者研究宋代历史的珍贵参考资料。

律赋兴起于唐代，与当时的科举考试科目有关。唐朝中期，律赋作为取士的必考科目，促成了律赋的大兴。

【辞赋文化】

律赋也属于辞赋的一种。所谓律赋，是指具有一定格律的赋，其注重音韵和谐，对偶工整。律赋起源于南北朝时期，沈约、谢朓的"永明体"，徐陵、庾信等诗人的"隔句作对"，都对律赋的产生与发展起了重要的作用。明朝吴讷在《文章辨体序说》中记载："律赋起于六朝，而盛于唐宋。凡取士以之命题，每篇限以八韵而成，要在音律谐协、对偶精切为工。"

南北朝时期流行的骈赋虽并未形成格律，但是对于声韵和对仗已经有了一定的要求。后来，隋朝开创了科举制，将诗赋列为科举考试的科目，这为唐宋律赋的兴盛做好了铺垫。

到了唐朝，诗赋依旧是科举考试的科目，但与隋朝相比，唐朝对于诗赋写作有了更加严格的要求，考生通篇必须使用四六文体，并且全篇字数和韵式也有严格的规定。唐玄宗天宝年间，还要求每篇赋文仅限八韵，例如唐玄宗开元二年（714年）的试题为"旗赋"，要求应试者必须以"风日云野军国肃清"八个字为韵。

唐代科举考试中律赋，还加入了破题这一环节。所谓破题，即开门见山、开篇点题。唐代李程参加诗赋考试所作的《日五色赋》中就曾以"德动天鉴，祥开日华"来破题，八字统领全文，先声夺人。后来，破题这一环节被沿用到了明清的八股文考试中。

因为科举考试的影响，唐代好多文人都专门研习律赋，当时也出现了许多律赋名家，如白居易、白行简、王起等都精通律赋创作，晚唐时期的黄滔、徐寅也为律赋名家。

宋代科举考试依旧考律赋，所以宋代文人也大多会从事律赋的创作，例如文学大家范仲淹、欧阳修、苏轼等人都作过律赋。南宋时还出现了专门讲解律赋写作的相关书籍，如郑起潜的《声律关键》。

元朝、明朝的科举考试不考律赋，所以这两个朝代的律赋较少。清朝是律赋发展的高峰时期，这一时期律赋名家辈出，例如毛奇龄、尤侗、吴锡麒、袁枚等人。清代的律赋文集，与前朝相比数量更多，著名的文集有《赋海大观》《历代赋汇》《分类赋学》。

律赋作为一种科举考试的应试文体，人们对于它的关注和评价并不高，但是我们并不能否认，律赋确实有着独特的文学价值。其音乐性要优于其他文体，因为律赋是介于律诗与文章之间的文体，与诗歌相比，它长短自如；与文章相比，又更为精炼紧凑，所以更具有音乐性。因此，律赋又被称作诗化了的文章或散文化的诗，有着特殊的文学价值。

【知识延伸】

唐代王勃的《寒梧栖凤赋》

以"孤清夜月"为韵。

寒梧栖凤赋

凤兮凤兮，来何所图？出应明主，言栖高梧。梧则峄阳之珍木，凤则丹穴之灵雏。理符有契，谁言则孤？游必有方，哂南飞之惊鹊；音能中吕，嗟入夜之啼乌。

况其灵光萧散，节物凄清。疏叶半殒，高歌和鸣。之鸟也，将托其宿止；之人也，焉知乎此情？月照孤影，风传暮声。将振耀其五色，似箫韶之九成。

九成则那，率舞而下。怀彼众会，罔知淳化。虽璧沼可饮，更能适于醴泉；虽琼林可栖，复相巡于竹榭。念是欲往，敢忘昼夜？苟安安而能迁，我则思其不暇。

故当披拂寒梧，翻然一发。自此西序，言投北阙。若用之衔诏，冀宣命于轩阶；若使之游池，庶承恩于岁月。可谓择木而俟处，卜居而后歌。岂徒比迹于四灵，常栖栖而没没？

第五节　文赋尚理，而失于辞

【典籍溯源】

> 文赋尚理，而失于辞，故读之者无咏歌之遗音，不可以言丽矣。
>
> ——徐师曾《文体明辨》

《文体明辨》是明朝徐师曾编写的一本古代论文体合集，是结合了吴讷的《文章辨体》一书修订而成的，共包含一百二十七种文体，书中分别对这些文体进行了解说。

书中写"文赋尚理，而失于辞"，作者想表达的意思是文赋这种文体在写作时，多以说理为主，并不太注重音韵之美，所以读者很难感受到美感。

【辞赋文化】

文赋也是辞赋的一种，这里的"文"指的是古文，文赋，就是指用古文写的赋。文赋产生于唐代，与唐代的"古文运动"有关。

古文运动是由韩愈、柳宗元在中唐时期发起的一场提倡古文、反对骈文的文体变革运动，他们认为骈赋虚浮华丽，不贴近生活，于是决定借鉴先秦和汉朝的散文，力求让文章更加务实，更加能够反映现实生活，文赋便应运而生。

文赋始于唐代，当时很多诗人都会进行文赋的创作，刘禹锡、杜牧、李商隐、皮日休等人都在当时创作了极具思想价值和艺术水平的赋作，例如杜牧的《阿房宫赋》、李商隐的《秋声赋》、皮日休的《霍山赋》等。

宋代是文赋的蓬勃发展时期。宋代文人欧阳修、苏轼承韩愈古文运动的遗风，反对宋初盛行的骈偶文风，完成了古文运动的复兴，促进了文赋的发展。其中，欧阳修的《秋声赋》以及苏轼的《前赤壁赋》和《后赤壁赋》，都是这一时期文赋的代表作。

元代祝尧曾在《古赋辨体》中说："宋人作赋，其体有二：'曰俳体，曰文体'"，并认为用文体作赋，"则是一片之文，押几个韵尔"。他对于宋代的文赋做了更加清晰地解释，即以赋的结构，用古文的语言所作的一种韵文，即散文化的赋体。

文赋是一种采用议论化、散文化手法写作的赋，其最大的特点便是多用散文句法，对于句子长短没有严格要求，追求一种参差错落之美。我们可以来看一下苏轼《后赤壁赋》中的几个句子，"霜露既降，木叶尽脱"，"履巉岩，披蒙茸"，"予亦悄然而悲，肃然而恐，凛乎其不可留也"，他的这篇文赋中，囊括了三言、四言、六言、七言多种句式，长短相间，参差错落，读起来别有一番韵味。

此外，文赋中的押韵也相对自由，不需要满足奇数句"可押可不押，偶数句必须押"这种严格要求，既可以通篇押韵，也可以隔句押韵，例如苏轼《前赤壁赋》中的"哀吾生之须臾，羡长江之无穷。挟飞仙以遨游，抱明月而常终。知不可乎骤得，托遗响于悲风"，这一部分就是隔句押韵，"穷""终""风"三字押了庚韵。

在文赋中，诸如一个韵脚使用完就不再使用或者重复使用的情况，比比皆是。总之，文赋中用韵极为灵活。

文赋常常将写景、抒情、叙事、议论融于一体，用散文句式和散文气势来写景叙事，抒情达意。它是唐宋时期极具特色的一种文学体裁。

【知识延伸】

《阿房宫赋》

阿房宫赋

六王毕，四海一；蜀山兀，阿房出。覆压三百余里，隔离天日。骊山北构而西折，直走咸阳。二川溶溶，流入宫墙。五步一楼，十步一阁；廊腰缦回，檐牙高啄；各抱地势，钩心斗角。盘盘焉，囷囷焉，蜂房水涡，矗不知其几千万落！长桥卧波，未云何龙？复道行空，不霁何虹？高低冥迷，不知西东。歌台暖响，春光融融；舞殿冷袖，风雨凄凄。一日之内，一宫之间，而气候不齐。

妃嫔媵嫱，王子皇孙，辞楼下殿，辇来于秦，朝歌夜弦，为秦宫人。明星荧荧，开妆镜也；绿云扰扰，梳晓鬟也；渭流涨腻，弃脂水也；烟斜雾横，焚椒兰也。雷霆乍惊，宫车过也；辘辘远听，杳不知其所之也。一肌一容，尽态极妍，缦立远视，而望幸焉；有不见者，三十六年。燕、赵之收藏，韩、魏之经营，齐、楚之精英，几世几年，剽掠其人，倚叠如山。一旦不能有，输来其间。鼎铛玉石，金块珠砾，弃掷逦迤，秦人视之，亦不甚惜。

嗟乎！一人之心，千万人之心也。秦爱纷奢，人亦念其家；奈何取之尽锱铢，用之如泥沙？使负栋之柱，多于南亩之农夫；架梁之椽，多于机上之工女；钉头磷磷，多于在庾之粟粒；瓦缝参差，多于周身之帛缕；直栏横槛，多于九土之城郭；管弦呕哑，多于市人之言语。使天下之人，不敢言而敢怒；独夫之心，日益骄固。戍卒叫，函谷举；楚人一炬，可怜焦土。

　　呜呼！灭六国者，六国也，非秦也。族秦者，秦也，非天下也。嗟乎！使六国各爱其人，则足以拒秦；使秦复爱六国之人，则递三世可至万世而为君，谁得而族灭也？秦人不暇自哀，而后人哀之；后人哀之而不鉴之，亦使后人而复哀后人也。

　　阿房宫为秦朝的行宫，是秦始皇下令修建的宫殿，在历史上有"天下第一宫"之称。《阿房宫赋》是唐代杜牧的赋作，写于唐敬宗宝历元年（825年）。当时朝廷修建宫殿，大兴土木，奢靡之风尤为盛行，杜牧依据当时的状况写下了这篇《阿房宫赋》，借古讽今，针砭时弊。

　　《阿房宫赋》通过写阿房宫的兴建及毁灭，总结了秦朝骄奢而亡的历史教训，告诫唐朝统治者吸取秦亡教训，体现了杜牧忧国忧民的济世情怀。

第二章　中华辞赋知识

第一节　赋的文学表现手法溯源

【典籍溯源】

　　　　故诗有三义焉：一曰兴，二曰比，三曰赋。文已尽而义有
　　余，兴也；因物喻志，比也；直书其事，寓言写物，赋也。

　　　　　　　　　　　　　　　　　　　　——钟嵘《诗品》

　　《诗品》是南朝文学批评家钟嵘所作，书中提出《诗经》有三义，即赋、比、兴。所谓赋，指的是"直书其事"，也就是平铺直叙；比，指的是"因物喻志"，即使用比喻的修辞手法，使人或物的特点更加鲜明；兴，指的是"文已尽而义有余"，以他物作为发端，引出所要歌咏的内容。这三种表现手法对中华文学艺术的发展产生了深远影响，古代文人在创作辞赋时，经常会使用到这些表现手法。

【辞赋文化】

　　赋、比、兴的表现手法在《诗经》中成熟，在楚辞中得以繁荣，对后世文学产生了深远影响。到了汉代，赋继承了《诗经》和楚辞的艺术特色，其中就包含了赋、比、兴的艺术手法。在赋的创作中，比、兴手法退居其次，赋的手法占据了突出位置。当然，从整体上考察赋、比、

兴依旧在赋体中发挥了其功能，有时甚至赋、比、兴融合为一体。

（1）赋

《诗经》中的"赋"指的是平铺直叙，而且《诗经》在铺陈内容时多使用相同句式，与我们如今经常使用的排比修辞类似。

在中国古典文学中，"赋"这种表现手法在各种作品中都经常可以看到，通过这种表现手法，诗人可以很好地叙述事物和抒发感情。

"赋"是一种最基本的表现手法，它是比和兴的基础，既可以渲染环境，也能烘托气氛、渲染情绪，在行文过程中往往起铺垫作用。"赋"的基本表现形式为：经常使用一组语气基本一致，结构基本相同的句群。

值得一提的是，作为一种文学表现手法的"赋"虽然以"赋"这种文学形式同字，但这二者并不是起源和发展的关系。在各种赋中，我们能够看到"赋"的文学手法，一样也可以看到"比"和"兴"的文学手法。

比如司马相如在《上林赋》中所写："左苍梧，右西极；丹水更其南，紫渊径其北。终始灞浐，出入泾渭；酆镐潦潏，纡馀委蛇，经营乎其内。"正是采用了"赋"的表现手法，以排比句的形式对供天子射猎的上林苑进行了描述。

（2）比

朱熹曾在《诗集传》中说："比者，以彼物比此物也。""比"，即比喻、类比，指的是对人或物加以比喻或类比，使其特点更加形象鲜明。"比"是《诗经》中用得最多的修辞手法，也是古代辞赋中应用较多的修辞手法，将此物比作彼物，可以更为生动地表达出自己要表达的内容。

通常情况下，用来作比的事物，都会比本体事物更加生动形象、鲜活具体，也更加方便人们的联想与想象。比如，汉武帝在《悼李夫人赋》中写"佳侠函光，陨朱荣兮"，以红花比喻李夫人光鲜亮丽的容貌，生动而形象；边让在《章华台赋》中写"尔乃妍媚递进，巧弄相加，俯仰异容，忽兮神化。体迅轻鸿，荣曜春华"，以春华比喻女子舞蹈时姿容的鲜丽，同样生动形象。

（3）兴

朱熹在《诗集传》为"兴"下的定义是"兴者，先言他物以引起所咏之词也"，即在描写某人、某物或某事时，先通过其他事物为发端，引出后面所要表达的内容。"兴"这种表现手法的运用，主要有两种作用，一是提出中心，二是引起读者兴趣。比如曹植在《白鹤赋》开篇便以"嗟皓丽之素鸟兮，含奇气之淑祥"赞美白鹤高洁美丽，拥有非凡气质，实则是以白鹤为喻，来表现自己品性的高洁。这种先言他物的做法，在吸引读者关注的同时，也能更好地抒发创作者的情感。

总之，"赋""比""兴"既是《诗经》艺术特征的标志，又是我国古代诗歌创作的基本手法，更对后世的文学创作产生了重要影响，赋作为一种文学形式，它的文学表现手法起源自然也可以追溯到这里。

【知识延伸】

汉赋与比、兴手法

在汉赋中比、兴手法的运用主要是为了把深邃的事理以形象通俗的形式展现出来，如贾谊的《鹏鸟赋》，赋的手法贯穿全篇，采用和鹏鸟的对话，表达了作者"祸福纠缠，吉凶同域，生不足悦，死不足患"的观点。但是在赋中，"水激则旱兮，矢激则远；万物回薄兮，振荡相转。云蒸雨降兮，纠错相纷；大钧播物兮，块圠无垠。""乘流则逝兮，得坻则止；纵躯委命兮，不私与己。其生兮若浮，其死兮若休；澹乎若深渊之静，泛乎若不系之舟。"等语句运用了比兴的手法，表达出作者豁达、恬淡的生死观和精神世界。在《七发》《子虚赋》《上林赋》《二京赋》等作品中，也有很多相同的例子。

第二节　追求骈偶的赋

【典籍溯源】

其为文也，大抵编字不只，捶句皆双，修短取均，奇偶相配，故应以一言蔽之者，辄足为二言，应以三句成文者，必分为四句。

——刘知几《史通·内篇》

《史通》是由唐代刘知几所作的我国首部系统的史学理论专著，主要有史学理论和史学批评两大类内容，基本总结了唐代以前史学的所有问题，具有极高的学术价值。

刘知几在《史通》中对以骈偶手法所作文章的特点进行了介绍，点名了骈偶的特征，同时也提到了以这种手法作文的一些具体表现。刘知几所述的这些特征，可以说在骈赋中表现得淋漓尽致。

【辞赋文化】

提起骈偶，我们就会想起在魏晋南北朝时期的骈赋，骈赋最大的特点便是在文中使用了大量的骈偶句。其实骈偶也不是在这一时期突然流行的，人们喜欢使用骈偶句，与汉语的声韵特点有关，因为古汉语中多为单音节词，所以致使组词成句在句式结构上很容易形成骈偶。早在先秦诸子的文章中，就已经有骈偶句了，例如《庄子》中《逍遥游》一篇中的"定乎内外之分，辩乎荣辱之境"，就是一句骈偶句。

秦汉时期，文人赋作中已经存在骈偶化的倾向了，他们会在行文时下意识地使用骈偶句。至魏晋时期，骈偶化在辞赋中已经表现得尤为明显，特别是在曹植和陆机的作品中，骈偶化的程度都很高。就拿曹植最著名的《洛神赋》来说，全篇共有一百七十八句，其中使用了骈偶的句子占了五十四句。由此可见，魏晋时期在辞赋中使用骈偶句，已经是一种很普遍的现象了。

其实，在南北朝时期，骈文成为文学中的主流文体，无论是这一时期的诗作，还是赋作，骈偶化倾向都尤为显著。不仅仅是在骈赋中，我们在其他类型的赋作中，也经常可以看见大量的骈偶句。这是因为骈偶是赋的特点之一，"骈"有两匹马并排的意思，"偶"指的就是一对，所以从字面意思上，我们也不难理解，所谓"骈偶"，就是两两相对的一组句子，也可以称之为对仗。

这样只看定义，可能不容易理解，我们来举几个例子，比如范仲淹《岳阳楼记》中的"衔远山，吞长江""北通巫峡，南极潇湘"；再如韩愈《师说》中的"位卑则足羞，官盛则近谀"。从这些骈偶句中，我们不难发现一些相通之处，比如上下句中的对仗很是工整，动词对应动词，名词对应名词，方位词对应方位词，并且上下句字数也是相同的。由此我们可以得知，以骈偶行文时，应满足以下要求：其一，句法结构要对称；其二，上下句的词性应相匹配；其三，上下联的字数要相等。

此外，用骈偶行文时，通常使用四字句和六字句，所以骈偶文又有"四六文"或者"骈四俪六"之称，四字句如"众制锋起，源流间出"，六字句如"穷者欲达其言，劳者须歌其事"。此外，还有四六混合的句子，例如："渔舟唱晚，响穷彭蠡之滨；雁阵惊寒，声断衡阳之浦"。在那个时代，文人如果诗不出众，没有任何问题，但是如果不熟悉骈文创作，就会被人说"不知四六"。

【知识延伸】

文人对于骈偶化的反思

　　自南朝齐梁之交，文人开始对于诗赋中出现的大量骈偶化现象进行反思，《梁书·何逊传》中云："倾观文人质则过儒，丽则伤俗"，当时的文人已经深刻地意识到文章创作中骈句使用过多的局限性，于是我们可以看到，无论在当时的诗中还是赋中，骈偶句的使用都有减少的倾向。

　　例如，南北朝的张融的《别诗》中写："白云山上尽，清风松下歇。欲识离人悲，孤台风明月。"这首诗中通篇都未使用对偶句，孙鑛在《文选集评》中评价："婉似初唐风调，但未作对联耳"。由此可见，这一时期文人在创作时已经不再大量使用骈偶句，而是开始更加关注全篇的起结。

第三节 多写景，重抒情

【典籍溯源】

> 赋别于诗者，诗辞情少而声情多，赋声情少而辞情多。皇甫
> 士安《三都赋序》云："昔之为文者，非苟尚辞而已。"正见赋
> 之尚辞，不待言也。
>
> ——刘熙载《艺概》

《艺概》是清人刘熙载编写的一部文学艺术理论著作。在刘熙载看来，赋与诗是有很大区别的，诗多声情，而赋多辞情，正因为"赋之尚辞"，我们在诵读赋作时，才能深刻感受到作赋者在文辞中所表达的情感，而这也正是赋的一个主要特征——注重以文辞抒情。

【辞赋文化】

纵观古今，作家在进行创作时大多会使用写景抒情这一写作手法，毕竟一切景语皆情语，无论是诗歌、词作还是散文，在行文时都不免使用这一手法。辞赋同样也不例外，其在内容上的特点为多写景，重抒情。

所谓写景抒情，就是通过描写景物来抒发作者的思想感情，通过描摹景物的特点，将自己的感情融于景中。因此在自然景物中也产生了许多用于表达感情的意象，例如写秋景，大多是要表达悲伤之感；写柳树，往往是要表达依依惜别之情；写梅花，则是要赞扬一个人不屈不挠的品性。以写景来抒情，不仅可以使景物之美更加立体细腻，也可以使表达的感情更

为直观和动人。

在辞赋中借景言情，战国时期楚国辞赋家宋玉是早期的践行者，在宋玉的作品，我们可以明显感受到"情景交融"。

在宋玉的辞赋作品《九辩》中，开篇并没有直接铺陈叙事，而是以"悲哉，秋之为气也！萧瑟兮草木摇落而变衰。憭栗兮若在远行，登山临水兮送将归"开头，通过写秋景，来营造一个"悲"的氛围。

文章的开头看似是在写景，其实作者已经将自己想要表达的感情融于其中。宋玉之所以会"悲"，是因为当时楚国已是江河日下之势，灭亡之音已经响起，宋玉为不可挽回的国势而悲。此外，宋玉还为自己而悲，时光飞逝，转眼间一生就要过完，可是自己却老无所成，毫无建树，自己的境遇和这悲凉的秋天也算是极为相衬了。宋玉在赋中还写了"寒蝉无声""大雁南归""蟋蟀夜征"等悲凉的景象，将自己的无限哀思和复杂感情都寄托于其中。宋玉这篇赋作，可谓是情中有景，景中有情，堪称以景写情的典范之作，我们仿佛能通过这一派肃杀之景看到愁眉不展的宋玉。

此后，辞赋中写景抒情的作品就层出不穷了，其中最具代表性的莫过于苏轼的《前赤壁赋》，首段在写景，描写赤壁的夜景，或写"清风徐来，水波不兴"，或写"月出于东山之上，徘徊于斗牛之间"，抑或写"白露横江，水光接天"，以景抒情，情景俱佳。苏轼在最后慨叹"惟江上之清风，与山间之明月，耳得之而为声，目遇之而成色，取之无禁，用之不竭"，借眼前的清风、明月引出了对万物变异和人生哲理的讨论，表现了苏轼虽遭贬谪但依旧豁达乐观的心态。

【知识延伸】

宋玉简介

宋玉（公元前298年—公元前222年），生于楚国，曾担任楚国的士大夫，著名的诗人、辞赋家。据《汉书·艺文志》中记载，宋玉的传世作品有十六篇，代表作品有《九辩》《招魂》《风赋》《登徒子好色赋》等。宋玉不仅著作数量颇丰，而且历史上好多著名的成语典故都和他有关，诸如"下里巴人""阳春白雪""曲高和寡"等。公元前222年，宋玉因病去世，享年七十六岁。

第四节 篇幅短小的韵文小赋

【典籍溯源】

> 庭筠才思艳丽,工于小赋,每入试,押官韵作赋,凡八叉手而八韵成。
>
> ——计有功《唐诗纪事》

《唐诗纪事》是宋代计有功编撰的一部诗文评论类书籍,全书共有八十一卷,其中共收录了唐初至唐末三百余年间,一千一百五十位诗人的部分诗作,这本书对于后世研究唐诗具有重要的意义。

小赋的典型特征就是篇幅短小,多用韵文,计有功在《唐诗纪事》中提到,晚唐词人温庭筠才思敏捷,还精通音律,在诗词上卓有成就,为花间词派代表人物之一。温庭筠参加科举考试作赋时,特别擅长押官韵,八叉手而成八韵,所以又有"温八叉"之称。

【辞赋文化】

小赋,就是指篇幅短小且多用韵文的赋。这类赋作句式多样,常常通过托物言志、咏物抒情等手法来表达思想情感。小赋在行文时多采用铺陈、排比的手法,通篇使用四言或六言的句子,注重言志抒情,多反映社会现实。

晋代文学家陆机在其所著的《文赋》中说:"诗缘情而绮靡,赋体物而浏亮",他认为诗是用来抒发作者感情的,所以要尽量写得华丽、细腻一些，而赋是用来描绘客观事物的，需要写得清楚明朗一些。陆机说出了诗与赋的不同特点，而小赋既具有诗歌的华丽细腻，又兼具赋的清楚明朗。

东汉中期，咏物的小赋在汉赋中占了相当大的比重。这一时期的赋作不仅仅局限于歌咏皇家猎苑和皇宫大殿，还出现了大量歌咏花鸟鱼虫、草果树木、风花雨雪、山川湖海、摆件器具等咏物韵文小赋。魏晋时期人比如中山靖王刘胜的《文木赋》，就是一篇描写木头的小赋。据《西京杂记》记载，汉景帝之子鲁恭王得了一块材质致密的文木，并用它做成了器具，他对这块木头十分喜爱，专门请刘胜为这块木头作了《文木赋》。

这篇《文木赋》写了这块文木自长在深林中到被制成器具的过程，刘胜在文中先叙述了树木生长的样子，下文中为了表现这块文木非同寻常，便在伐木工人在采伐树木时，安排了树木被采伐时产生了山崩地裂的巨大声势。接下来又大肆描写了树木割开后的纹路、色泽之美，再次凸显这块木头的不寻常。

在这篇赋作中，刘胜使用了二十多个比喻，来形容这块木头纹理的特殊之美，文中写道："或如龙盘虎踞，复似鸾集凤翔。青纲紫绶，环璧珪璋。重山累嶂，连波迭浪。奔电屯云，薄雾浓雾。麕宗骥旅，鸡族雉群。蠋绣鸳锦，莲藻芰文。色比金而有裕，质参玉而无分。"他在赋中以金、玉与这块木头相比，来衬托这块木头的色彩之绚丽，质资之高贵。在这篇赋的最后说，这块文木的最终归宿是被做成各种精美的摆件、器物，置于桌案之上，与君子相伴。

小赋具有独特审美价值，可以更好地表达作者的思想与情感，是汉赋的重要组成部分。到了汉末时期，小赋的诗意化更为明显，比如赵壹的《刺世疾邪赋》，祢衡的《鹦鹉赋》，蔡邕的《述行赋》，以及张衡的《归田赋》都是当时小赋中的名篇。其中，张衡的《归田赋》是汉赋由"散体大赋"向"小赋"转变的标志。

【知识延伸】

小赋也写"动物"

小赋作家不但擅长对静物进行描绘，还很擅长描写运动的物体。比如公孙乘就在《月赋》中描写了月出升天的过程："猗嗟明月，当心而出。隐悬岩而似钩，蔽修堞而分镜。既少进以增辉，遂临庭而高映。炎日匪明，皓璧非净。"

这几句描绘的是月亮刚刚升起时，因为被远处的山峰所遮挡，而形状宛如银钩一般的场景。在移动过程中，月亮逐渐呈现出半圆的形状。后来，它慢慢爬升，越来越亮，终于爬到了天空的正中央。月亮皎洁无暇，甚至比夏季的太阳更加明亮，比洁白的美玉更加纯净。

第三章　中华辞赋名家

第一节　屈原

【典籍溯源】

> 不有屈原，岂见《离骚》。惊才风逸，壮志烟高。山川无
> 极，情理实劳。金相玉式，艳溢锱毫。
>
> ——刘勰《文心雕龙》

刘勰的《文心雕龙》是一部文学理论著作，他在书中对屈原做出了极
高的评价，他说："不有屈原，岂见《离骚》"，这样的评价肯定了屈原
及其作品在文学史上的地位。从屈原的作品中，我们能感受到他的才华横
溢，他将其宏大的志愿融于创作之中，这使得后人在读他的作品时，可以
感受到他的精神。

【辞赋文化】

屈原（公元前340年—公元前278年），姓芈（mǐ），屈氏，名平，
字原。屈原是楚武王熊通之子屈瑕的后人，早年深得楚怀王信任，曾任三
闾大夫、左徒等官职，是战国时期楚国政治家、诗人，其代表作主要有
《离骚》《九歌》《九章》《天问》等。屈原一系列作品的出现标志着中
华辞赋进入一个从集体歌唱到个人独创的时代，故而屈原被誉为"中华诗

祖""辞赋之祖"。

屈原的一生过得极其跌宕起伏，他早期一直深受统治者重用，但是后来他提出的一些主张触犯了贵族的利益，因此遭到了排挤诬陷，甚至流放。公元前278年，秦国攻破了楚国国都，屈原听闻消息后悲愤交加，遂投汨罗江以身殉国。

屈原因为爱国让后人铭记，他的文采也让人眼前一亮。他创立的"楚辞"文体，也被誉为"衣被词人，非一代也"。

屈原创作的作品与《诗经》不同，具有丰富想象，使用的素材超常的丰富。此外，屈原的作品在篇幅长短上也与《诗经》有很大区别。《诗经》中的诗歌大多为短篇诗歌，而屈原的作品大都为长篇诗歌，就拿最著名的《离骚》来说，全篇两千四百余字。

屈原的代表作品为《离骚》《天问》《九歌》等。在《离骚》中，屈原书写了自己的亲身经历，将自己的痛苦遭遇和热情理想都表达出来。《离骚》不仅揭露了楚国贵族集团的腐朽统治，也表达了屈原深切的爱国热情以及对于人民的同情，更表现了他勇于坚持理想和正义的斗争精神。

《天问》是依托神话传说进行创作的，开篇先写天地分离、阴阳变化、日月星辰等自然现象，后又自然地过渡到了神话传说、治乱兴衰等历史故事的叙写，是一首表达诗人历史观与自然观的诗歌。

《九歌》共有十一篇，分别为《东皇太一》《云中君》《湘君》《湘夫人》《大司命》《少司命》《东君》《河伯》《山鬼》《国殇》和《礼魂》，《九歌》中的篇章大多是屈原依据民间的祭祀乐歌所作，他将现实中的人塑造为天上的神灵形象，用于寄托自己的思想情感。

屈原的作品中最发人深省的还是他的爱国志向，正如其《九章·哀郢》开头所写："皇天之不纯命兮，何百姓之震愆。民离散而相失兮，方仲春而东迁。"屈原为国破家亡而痛，为民离失散而苦，这种深沉的情感让其作品意趣丰富。

【知识延伸】

《楚辞》开浪漫主义先河

　　《楚辞》是我国第一部浪漫主义诗歌总集，其中收录了战国时期的屈原、宋玉以及汉代王褒、东方朔等人的作品，共有十六篇，包含《离骚》《九歌》《天问》《九章》《卜居》等，全书主要以屈原的作品为主。

　　由于被收录的作品大都运用了屈赋的文学样式、方言声韵，具有浓厚的地方特色，故得名《楚辞》。

第二节 司马相如

【典籍溯源】

> 司马长卿赋，时人皆称典而丽，虽诗人之作，不能加也。扬子云："长卿赋不似从人间来，其神化所至邪？"子云学相如为赋而弗逮，故雅服焉。
>
> ——刘歆《西京杂记》

刘歆认为司马相如的赋典雅而华丽，遣词造句拿捏得恰到好处，无论是加字还是减字，都会让这篇赋作失去原来的美感。

东汉辞赋家扬雄就曾学习过司马相如的赋作，但是却学不到精髓，于是扬雄只能感叹："长卿赋不似从人间来，其神化所至邪"，来表达对司马相如的敬佩。

【辞赋文化】

司马相如（公元前179年—公元前118年），字长卿，因其十分仰慕战国时期的名相蔺相如，便将自己的名字改为"相如"。他是西汉时期著名的辞赋家，因其辞赋成就显著，被后世称作"赋圣""辞宗"。

根据《汉书·艺文志》记载，司马相如共留下二十九篇赋，其中《子虚赋》《上林赋》《大人赋》《长门赋》《美人赋》《哀秦二世赋》六篇存世，《梨赋》《鱼菹赋》《梓山赋》三篇仅存篇名。

在司马相如二十多岁时，他用钱买了个"武骑常侍"的官职，但是他心知这些事情并非他所好。直到梁孝王刘武来朝时，司马相如才得以结识梁孝王身边的邹阳、枚乘等辞赋家，几人相交，颇有相见恨晚之感。后来司马相如因病退职，便选择前往梁王封地，与枚乘、邹阳等志趣相投的文士们共事。

名篇《子虚赋》正是在这时所作，这是司马相如为梁孝王刘武打猎之事所写的一篇赋。文章以子虚先生和乌有先生的对话展开，二人就楚国大还是齐国大的问题展开讨论，通过极为夸张的描写，将大汉王朝的强大声势和雄伟气魄表现了出来。这篇赋气势恢宏，描写工丽，词藻丰富，散韵相间，是汉赋已经完全成熟的标志性作品。

《子虚赋》创作于汉景帝年间，由于汉景帝并不喜好文学，因此这篇赋在汉景帝在位期间并没有掀起什么水花。直到汉武帝刘彻即位后，司马相如的《子虚赋》才获得赏识。汉武帝喜好文学，因此当他看到《子虚赋》后，对作者的文采极为赞叹，还以为是古人所作，他对狗监杨得意叹息自己不能与作者同时代，没想到杨得意正好与《子虚赋》作者司马相如是同乡，便趁机引荐，汉武帝也如愿以偿同司马相如见上了面。

二人见面后，司马相如表示，《子虚赋》写的只是诸侯王打猎的场景，算不得什么，他可以再为汉武帝写一篇天子打猎的赋，名为《上林赋》。《上林赋》在《子虚赋》的基础上，又增加了一个人物，此人就是亡是公，正在子虚和乌有争论究竟是楚国大还是齐国大时，亡是公登场，叙述了天子游猎之所上林苑的奢华与宏大，听了亡是公的叙述之后，子虚、乌有瞬间无地自容，黯然离席。

相比《子虚赋》，《上林赋》更加文采飞扬，司马相如采用问答的方式，充分展现了大汉王朝的宏大气象和赫赫声威，又突出了"反对帝王奢侈""维护国家统一"的主旨。《上林赋》一出，汉武帝对司马相如更为赏识，授予他郎官之职。

司马相如是当之无愧的汉赋大家，他的辞赋作品，对后世研究汉赋及汉朝文学有着极其深远的意义。

【知识延伸】

司马相如的散文作品

　　司马相如除了在赋上卓有成就外，亦有散文传世，流传至今的散文作品主要有《难蜀父老》《谏猎疏》《封禅文》等。

　　历史学家司马迁对司马相如的文学成就极为认可，《史记》中为文学家撰写的传记只有两篇，一个是《屈原贾生列传》，另一个就是《司马相如列传》，而且司马相如的三篇赋作和四篇散文都被收录进了《史记》中，这也使得《司马相如列传》的篇幅是《屈原贾生列传》的六倍。由此可见，司马相如在司马迁心中的地位是相当高的。

第三节 扬雄

【典籍溯源】

> 　　实好古而乐道，其意欲求文章成名于后世，以为经莫大于《易》，故作《太玄》；传莫大于《论语》，作《法言》；史篇莫善于《仓颉》，作《训纂》；箴莫善于《虞箴》，作《州箴》；赋莫深于《离骚》，反而广之；辞莫丽于相如，作四赋；皆斟酌其本，相与放依而驰骋云。
>
> 　　　　　　　　　　　　　　　　　　——班固《汉书》

　　《汉书》被列为我国二十四史之一，也被称为"前汉书"，作者为东汉时期史学家班固。本书历经二十余年才最终编撰完成，共有一百篇，其中包括纪十二篇，表八篇，志十篇，传七直篇，记述了汉高祖元年（公元前206年）至新朝王莽地皇四年（23年）期间二百三十年的历史，是继《史记》之后，又一部重要的史书。

　　班固在《汉书》中对文学家扬雄的著作进行了总结，认为扬雄极为善于仿照前人著作创作文章，例如他曾模仿《易经》写《太玄》，模仿《论语》作《法言》，模仿《仓颉》作《训纂》，模仿《虞箴》作《州箴》，还曾模仿司马相如作四大赋，为后世留下了很多名篇佳作。

【辞赋文化】

　　扬雄（公元前53年—公元18年），字子云，庐江太守扬季的五世孙。

扬雄少年时期便勤奋好学，博览群书，尤其擅长辞赋。汉成帝时期，扬雄得同乡推荐，入宫为帝王作《甘泉》《河东》等赋，并有幸与王莽结交。

扬雄之所以文采斐然，与其恩师严君平密不可分。扬雄在严君平的"横山读书台"学了八年，被大司马车骑将军王音招去。后来，扬雄又经同乡推荐，随侍在汉成帝左右。汉成帝赏识扬雄的才华，封他做了黄门郎，扬雄得以与王莽、刘歆等人成为同僚。

扬雄早年极为崇拜司马相如，他模仿司马相如的《子虚赋》和《上林赋》作了"扬雄四赋"，分别是《河东赋》《甘泉赋》《羽猎赋》《长杨赋》。这四篇赋作大多为东汉王朝粉饰太平、歌功颂德所作，但其中也不乏逆耳的忠言，是写来讽谏汉成帝的。

《河东赋》写的是祭祀之事，扬雄在赋中先写了汉成帝一行人赴祭的壮观场面，又叙述了汉成帝在当地的游览经历，最后通过歌颂前朝帝王的功绩来勉励汉成帝应效仿尧舜，身体力行，建功立业。

《甘泉赋》是为讽谏汉成帝所作，是以带"兮"字的骚体赋形式创作的。有一次，扬雄随汉成帝前往甘泉宫，因见不惯汉成帝的铺张，于是便写了《甘泉赋》，来讽刺汉成帝铺张浪费。扬雄还联系了当时汉成帝专宠赵飞燕、赵合德两姐妹的现状，在赋中劝谏皇帝要屏退女色，增寿广嗣。

"扬雄四赋"中的《羽猎赋》和《长杨赋》是扬雄仿照司马相如的《子虚赋》和《上林赋》所作，写的都是天子游猎的场面，以此暗讽汉成帝贪图享乐，并劝谏他应以汉文帝、汉武帝为榜样，做一位仁君。

此外，在扬雄的所有作品中，比较有特色的当数他自述情怀的几篇作品，比如《解嘲》《逐贫赋》和《酒箴》等。其中，《解嘲》写于西汉末年，当时的朝廷外戚专权、小人用事，扬雄不愿继续为官，于是便写了这篇赋来表明自己的态度。他在赋中严厉批评当时朝廷有才之人不受重用的不合理现象，表达了自身渴望过上自由自在、求道纳静的生活。

扬雄早年以擅长辞赋而闻名于世，并且写下了许多经典的赋作。可到了晚年，扬雄却发表了作赋"壮夫不为"、作赋乃是"童子雕虫篆刻"等言论，他对于辞赋的态度发生了巨大的转变，甚至建议将楚辞与汉赋的优劣区分开来。扬雄对于辞赋的评论，对刘勰、韩愈等人产生了极为深刻的影响。

【知识延伸】

扬雄的散文

扬雄在散文方面也有一定的成就，他在散文创作上擅长模仿前人的作品。他曾模仿儒家著作《论语》写了一篇名为《法言》的政论著作，书中对于董仲舒的哲学和谶纬经学提出了质疑，捍卫了传统儒学的正统精神。他还曾模仿《易经》作过《太玄》。

此外，扬雄还写过一篇名为《谏不受单于朝书》的政论文，在这篇文章中，他论述了汉与匈奴之间的复杂关系以及战与和的利弊，对于当时国家的政治形势，具有重要的意义。

第四节　左思

【典籍溯源】

　　三国之降为西晋，文体大坏，古度古心，不绝于来兹者，非太冲其焉归？

　　　　　　　　　　　　　　　　　　——王夫之《古诗选评》

　　《古诗评选》为明朝王夫之的诗学著作，内容共分六卷。书中选编了西汉至隋朝一百多位诗人的八百多首诗歌作品，并且对每首诗歌作品都做了评论与赏析，是一本不可多得的文学评论著作。

　　王夫之在《古诗评选》对左思文章的特点和西晋的整体文风都进行了评价。王夫之认为西晋文风极为重视形式主义，书写社会现实的作品基本上不存在，只有左思独树一帜，对于后世的文学创作产生了深远的影响。

【辞赋文化】

　　左思（250—305），字泰冲（《晋书》也作太冲），西晋时期著名文学家。左思最为人称颂的赋作便是《三都赋》，此外，他所著的《咏史诗》《娇女诗》《白发赋》《蜀都赋》等也非常有名。

　　幼年时，左思因外貌丑陋且口吃，所以不好交游，曾学习书法和古琴，但是都没能学有所成。在父亲左雍的鼓励下，左思开始发奋读书。功夫不负有心人，发奋勤学后的左思不仅变得文采斐然，还写出了冠绝古今的《三都赋》。

　　"三都"指的是三国时期魏都邺城、蜀都成都、吴都南京，左思作《三都赋》可谓是"十年磨一剑"，整整花费了十几年的时间才完成了这篇赋作。其实在他之前，已经有文学大家写过类似的作品，那便是张衡的《两京赋》和班固的《两都赋》，并且这二人的作品均在当时引起了不小的反响。

　　我们不得不佩服左思，顶着《两都赋》和《二京赋》带来的压力，潜心完成《三都赋》的创作。为了让《三都赋》有理有据，他利用十年的时间到邺城、成都、南京进行实地考察，并且大量搜集这三个地方的历史、地理、风物等相关资料。

　　在前期的准备工作完成后，他便开始苦思冥想，进行创作，推敲好久才写出一个满意的句子。最后，在左思呕心沥血、废寝忘食的创作下，《三都赋》终于完成。

　　可是这篇经过十年打磨的优秀赋作，一经问世，却无人问津。一方面由于左思是一个无名之辈，另一方面则是因为没有大家帮左思推荐这篇文章。

　　左思不能看着自己耗费十多年写出的作品就这样石沉大海，所以为了让自己的作品有一个公正的评价，左思前去拜访了著名的文学家张华。张华为人正直，他看完《三都赋》后，深深为这篇文章的文采所震撼。于是他建议左思将《三都赋》带给皇甫谧先生浏览一下，并向左思允诺，会与皇甫谧先生一起将《三都赋》推荐给世人。

　　皇甫谧读了《三都赋》之后，也对这篇赋给予了高度评价，并亲自为《三都赋》作了序。他还请来了著作郎张载，为《三都赋》中的《魏都赋》做注，请刘逵来为《蜀都赋》和《吴都赋》做注。

　　在经过名人的推荐之后，《三都赋》广为传颂，引得人们争相抄写，一度造成了"洛阳纸贵"的盛况。

【知识延伸】

左思与"洛阳纸贵"

"洛阳纸贵"这一成语本指左思的《三都赋》完成后，传阅抄写的人很多，致使洛阳的纸价大涨，后来则用来比喻著作广为流传，风靡一时。

左思的《三都赋》能取得如此成就，在于赋中的一字一句都是他耗费十年心血，仔细推敲过的，所以这绝对称得上是一篇佳作，再加上名士张华和皇甫谧为其宣传，《三都赋》导致"洛阳纸贵"的现象也就不奇怪了。

第五节　陆机

【典籍溯源】

> 晋平原相陆机，其源出於陈思。才高词赡，举体华美。气少於公干，文劣於仲宣。尚规矩，不贵绮错，有伤直致之奇。然其咀嚼英华，厌饫膏泽，文章之渊泉也。
>
> ——钟嵘《诗品》

《诗品》是南朝文学批评家钟嵘的诗歌评论著作，钟嵘曾在《诗品》中评价陆机的诗歌"才高词赡，举体华美"。陆机的诗歌绮丽华美，主要体现在善用典故以及多用比喻、对偶等修辞手法，对于后世的诗歌创作有借鉴意义。

【辞赋文化】

陆机（261—303），字士衡，西晋时期著名的文学家、书法家。陆机出身吴郡陆氏，是三国时期孙吴丞相陆逊的孙子，为大司马陆抗的第四子。彼时，陆机与其弟陆云合称"二陆"，又与顾荣、陆云并称为"洛阳三俊"。

陆机是一个极富才学的人，公元289年，陆机与弟弟陆云一道前往京师洛阳。初入洛阳时，"二陆"恃才傲物，常以江南名门士族子弟自居，除了太常张华和一些名士外，他们根本不将其他人放在眼里。张华曾对陆机说："别人作文，常遗憾才气少，而你更担心才气太多。"从张华的话中我们不难看出，陆机的才气确实超群出众。

陆机流传下来的赋作二十七篇，代表作品主要有《文赋》《叹逝赋》《漏刻赋》等。陆机抱着"论作文之利害所由"的目的创作了《文赋》，在总结了前人写作经验的基础上，加入了自己的看法和观点。

陆机的赋作中，除《文赋》之外，其他大多为体物写志之作。西晋时期，状物赋空前繁荣，陆机的作品中也有大量的状物赋。比如，他曾写《瓜赋》，以瓜德之美来赞颂张华之德；他也曾写《羽扇赋》，借羽扇之美来表达家国之思。

后来，吴国被晋国灭亡，陆机、陆云两兄弟曾隐于乡野数十年。在遗忘了家国灭亡之痛后，陆机选择入晋，再次步入仕途，这样的经历为陆机的赋作中注入了浓浓的乡思情怀。如《怀土赋》中写："余去家渐久，怀土弥笃。方思之殷，何物不感？曲街委巷，罔不兴咏。水泉草木，咸足悲焉"，表现他远离家乡，重新适应新都的悲苦。再如《思亲赋》中写："悲桑梓之悠旷，愧蒸尝之弗营。指南云以寄款，望归风而效诚"，传达自己内心浓浓的乡愁。

西晋初年，陆机曾苦思冥想，想撰写一篇《三都赋》。当时，出身寒门的左思也在写这篇赋，陆机听说此事后十分不以为意，一度认为左思写的《三都赋》只能拿来盖酒坛子。当左思历时十年完成的《三都赋》问世后，陆机拿来读了一下，才明白自己的《三都赋》根本无法超越左思的赋作。于是，陆机将自己手中的《三都赋》手稿全部烧掉，以示辍笔。这便是有名的"陆机辍笔"的典故。

刘勰曾在《文心雕龙·才略篇》中评价陆机"才欲窥深，辞务索广，故思能入巧，而不制繁"，可见陆机确实才气非凡。

【知识延伸】

陆机、潘岳开太康诗风

陆机、潘岳是西晋诗坛的代表人物，所谓"太康诗风"就是以他们二人为代表的西晋诗风。"太康诗风"开创了以繁缛为主要特点的诗歌创作风气，这种"繁缛"主要体现在辞藻华丽，并且在行文过程中大量地使用排偶句上。

陆机、潘岳为了加强诗歌的描写功能，将辞赋的句式运用到了诗歌创作中，丰富了诗歌的表现形式。他们在诗中运用排偶句对山水风光进行描摹，这对于后世谢灵运、谢朓等山水诗人的创作产生了影响，也在一定程度上促进了魏晋南北朝时期山水诗的繁荣。

第四章　中华辞赋名作

第一节　《渔父》

【典籍溯源】

　　屈原放逐，在江、湘之间，忧愁叹吟，仪容变易。而渔父避世隐身，钓鱼江滨，欣然自乐。时遇屈原川泽之域，怪而问之，遂相应答。

——王逸《楚辞章句》

　　《楚辞章句》是《楚辞》的注本，为东汉文学家王逸所作。《楚辞章句》对《楚辞》中的各篇作品都做了注解，并且在其中写了各篇的创作缘由和作者经历，可以说是《楚辞》一书最早最完整的注本。

　　王逸在《楚辞章句》中提到了《渔父》的创作缘由，他认为这篇赋作是屈原泛舟江上之时，与避世隐身的渔父相遇，二人就屈原的遭遇展开的一次对话。

【辞赋文化】

　　《渔父》是《楚辞》中的代表作品，历代文人对于《渔父》究竟为谁所作争议颇多，东汉文学家王逸认为："《渔父》者，屈原之所作也"，包括朱熹、王夫之等人也都认为《渔父》就是屈原的作品。但是茅盾、郭沫若等一些近代学者认为《渔父》并非屈原的作品，而是屈原的学生宋玉或者其他的楚国人所作。

现代学者姜亮夫在诸多著作中反复论证，认为《渔父》是屈原的作品无疑。《渔父》可以视为屈原的另一部作品《卜居》的姊妹篇，而且《渔父》中所传达出的精神，与《离骚》中"虽体解吾犹未变"的精神是一致的。

在主要内容上，《渔父》中塑造了两个人物——屈原本人和渔父。《渔父》中的"父"通"甫"，是古时对老年男子的尊称，诗歌中的渔父是一位隐身避世、独钓江渚的隐士。整篇赋作以屈原和渔父的对话来展开，用对比的手法写渔父和屈原二人不同的性格和思想，造成了屈原与渔父两种不同人生观的激烈碰撞。

《渔父》共有四个段落，可按照头、腹、尾进行拆分。这篇文章以屈原开头，以渔父结尾，中间两段则是二人的问答。

当时，屈原遭到了放逐，他面容憔悴，模样枯瘦，独自游荡在沅江边上，且走且唱。一名年老的渔父见状，便问道："您不是楚国赫赫有名的三闾大夫吗，怎会落到这步田地？"

屈原说："举世皆浊我独清，众人皆醉我独醒，是以见放。"在这里屈原交代了自己被放逐的原因，他与众不同、独来独往，不与世俗同流合污，因此落得一个被放逐的下场。

但是，老渔父却有不同的见解，他认为："世人皆浊，何不淈其泥而扬其波？众人皆醉，何不哺其糟而歠其醨？"他觉得屈原太过于特立独行，便劝他大可随波逐流，既然世界上所有人都是肮脏的，你为什么要独自清澈透明呢？既然世界上所有人都喝醉了，你为什么不跟着一起喝呢？

屈原依旧坚持自己，他说："宁赴湘流，葬于江鱼之腹中。安能以皓皓之白，而蒙世俗之尘埃乎？"如果让我晶莹剔透的纯洁沾染上尘埃，我宁愿跳到湘江里葬身鱼腹。

老渔父见屈原依旧坚持自己的想法，于是便不再同屈原讲话，只是以歌和之：“沧浪之水清兮，可以濯吾缨；沧浪之水浊兮，可以濯吾足。”
此歌的意思是沧浪的水清澈无比，可以清洗我的帽缨；沧浪之水浑浊不
堪，可以洗我的脚。渔父觉得水清或水浊都无所谓，自有它的用处，选择
随波逐流又如何，至少可以获得快乐。

《渔父》之所以传唱千年，是因为它包含了两种人生观，一种是以天
下为己任的“屈原式人生观”，另一种是与世浮沉、随波逐流的“渔父式
人生观”。

基于楚辞中的“渔父”原型，后世诗人也经常将“渔父”写入诗中，
来表达对于渔父那般自由隐逸生活的向往。例如，韩愈在《湘中》中曾
写：“蘋藻满盘无处奠，空闻渔父叩舷歌。”张志和在《渔父·钓台渔父
褐为裘》中曾写：“钓台渔父褐为裘，两两三三舴艋舟。”

【知识延伸】

《卜居》

《卜居》是收录于《楚辞》中的屈原的作品，这篇文章在结构上和
《渔父》相似，是以屈原和太卜郑詹尹的对话展开的。这篇作品是继屈原
与渔父的对话之后，屈原带着究竟是“清”还是“浊”的疑问来找郑詹尹
占卜。

屈原问：“我究竟是应该忠心耿耿还是巧于逢迎呢？”最终，郑詹尹
告知他，这世间并不是什么事情都可以占卜出结果的，让屈原按照自己心
中所想去践行自己的主张。

第二节 《凤求凰》

【典籍溯源】

> 相如之临邛，从车骑，雍容间雅甚都；及饮卓氏，弄琴，文君窃从户窥之，心悦而好之，恐不得当也。既罢，相如乃使人重赐文君侍者通殷勤。文君夜亡奔相如，相如乃与驰归成都。
>
> ——司马迁《史记·司马相如列传》

司马迁在《史记·司马相如列传》中对司马相如与卓文君的爱情故事有过记述：卓文君是富贵人家的小姐，琴棋书画，样样精通，并且长于鼓琴，喜好音律。司马相如赴卓文君家参加宴会，在宴会上，他用"绿绮"琴弹了两首乐曲，瞬间就俘获了卓文君的芳心。《凤求凰》这篇赋作写的正是司马相如求爱卓文君的故事。

【辞赋文化】

《凤求凰》是司马相如的赋作，通篇采用"兮"字，应为他早期的骚体赋作品。《凤求凰》全文以"凤求凰"为通体比兴，象征了男女主人公非凡的理想，以及高尚的志趣。这篇诗歌全文言浅意深，感情热烈奔放，是一首清新明快的汉赋。

《凤求凰》共分上下两篇，第一篇写司马相如对卓文君的热烈追求。凤凰为传说中的神鸟，雄为凤，雌为凰，自古人们就常以"凤凰于飞""鸾凤和鸣"来比喻夫妻之间感情深厚、和谐美好。因此在赋作中司马相如自喻为凤，又将卓文君比作凰，来表达自己对于卓文君的倾慕之意。

《凤求凰》开头言："有一美人兮，见之不忘。一日不见兮，思之如狂"，意思是有位美丽俊秀的女子，我一见到她的容颜，便难以忘怀。如果一天不见到她，我就会发了狂一般地去思念她。

后文则以"凤飞翱翔兮，四海求凰"来表述追求之意，意思是我就像那高飞空中的凤鸟，一直苦心地寻找凰鸟。司马相如用琴声来向爱人诉衷肠，渴望与心爱之人琴瑟和鸣，白头偕老。在赋的最后，司马相如表示"不得於飞兮，使我沦亡"，意思是假若我们不能比翼双飞的话，那将是我一生的遗憾。

司马相如将自己比作"凤鸟"，将卓文君比作"凰鸟"，"凤""凰"二字在这篇作品中除了有表达追求与倾慕之意，其实还蕴含了多层含义。我们如果要评价一个人很优秀，经常会说"人中龙凤"，可见"凤"是用于形容出类拔萃之人的，而司马相如和卓文君之所以互相吸引，也正是因为二人都很优秀，司马相如文采斐然，卓文君也是数一数二的才女，二人可谓是才子佳人，天生一对。

其中"四海求凰"一句蕴含着遨游四海之意，司马相如巧妙地将自己的经历写入赋作之中。司马相如曾游历京师，被汉景帝任命为武骑常侍，可是，汉景帝不好辞赋，司马相如一直郁郁不得志。后来，他借病辞官游历梁国，梁孝王广纳文士，司马相如获得赏识。这句"遨游四海"也暗合了司马相如"良禽择木而栖"。

《凤求凰》第二篇将二人之间的情感写得更为大胆炽烈，写了司马相如暗约卓文君半夜幽会，并相约一起私奔的故事。

赋作开篇还是围绕"凤求凰"这一主题，"凤兮凤兮归故乡，遨游四海求其凰"，下文"何缘交颈为鸳鸯，胡颉颃兮共翱翔""凰兮凰兮从我栖，得托孳尾永为妃"等句都表达了司马相如想要与卓文君远走高飞的心愿。

　　《凤求凰》之所以对后世有很大的影响，千百年来为人津津乐道，是因为其传达出了反对封建礼制，鼓励男女自由恋爱的深刻含义，这也是《凤求凰》流芳百世的主要原因。

【知识延伸】

《凤求凰》与元杂剧

　　《凤求凰》这篇赋作也被后代文人应用到小说作品中，例如在《西厢记》中，张生为了向崔莺莺表达爱意，曾隔墙弹唱《凤求凰》；又如《墙头马上》中的李千金与裴少俊私奔被抓后，也以"文君私奔相如"来为自己辩护；再如《琴心记》更是直接将司马相如与卓文君的爱情故事搬上了舞台。

第三节　《两都赋》

【典籍溯源】

　　昔班固观世祖迁都于洛邑，惧将必逾溢制度，不能遵先圣之正法也，故假西都宾，盛称长安旧制，有陋洛邑之议，而为东都主人折礼衷以答之。

——《艺文类聚》

　　《艺文类聚》是由唐代欧阳询、陈叔达、裴矩等十余人共同编撰的一部综合性类书，这部著作也是中国现存最早最完整的一部官修类书，其中收录了许多历代的诗词歌赋。全书共有一百卷，是研究唐代以前历史的重要文献资料。

　　《艺文类聚》中提到班固作《两都赋》的原因，自东汉迁都洛阳后，有很多朝中元老依旧希望以长安作为都城，班固写《两都赋》的目的就在于驳斥这些反对建都洛阳的人。

【辞赋文化】

　　《两都赋》是东汉文学家班固的赋作，所谓"两都"，分别指的是"西都长安"和"东都洛阳"。班固作这篇《两都赋》，分别描写了两都的基本概况。

　　《两都赋》属汉赋中的大赋，分为上下两篇，即《西都赋》和《东都赋》。《西都赋》主要描述了长安地势之险峻，物产之丰富，宫廷之华丽等；《东都赋》则描述了统治者对洛阳进行的各项整治措施，以及歌颂统治者建都洛阳后采取的各项举措。

班固的《两都赋》在结构与手法上借鉴了司马相如的《子虚赋》与《上林赋》，也引入了如"子虚""乌有"那样的虚拟人物东都主人和西都宾。但与《子虚赋》《上林赋》不同的是，《两都赋》相对独立成篇，内容划分清楚，结构较为合理，在上篇只描述西都长安之华丽，下篇则只描写东都洛阳之秀美。

《西都赋》和《东都赋》在内容上也有所差异。"西都赋"主要描绘了西都长安的繁荣壮丽、宫殿的富丽华美及宫廷生活的纸醉金迷，使用了铺陈的手法，对长安的规模和繁华程度极尽褒赞。在写东都洛阳时，班固则反其道而行之，不再大肆描写宫室之美，仅以较为概括的语言简略叙述。转而在法度和礼制方面，着以大量的笔墨，赞扬东都洛阳"宫室光明，阙庭神丽，奢不可逾，俭不能侈"，"顺时节而蒐狩，简车徒以讲武，则必临之以王制，考之以风雅"。最终，通过对东都法度严明和礼制严格的叙述，来反衬西都的繁华与富丽实为奢淫过度，于天下并无裨益。

班固作这篇赋的高明之处就在于，他并没有采取踩一捧一的形式来行文，而是对西都和东都从不同方面予以赞美，最后以东都封建礼法为准则，赞扬了汉朝的建武盛世与永平盛世。同时，班固以西都长安与东都洛阳的风俗与形式进行对比，更加突出东都洛阳的礼俗之淳厚，建筑之得体。

整体来说，班固的《两都赋》在开头、结尾以及文中的过渡都有自然严谨的章法，且情态富足，韵味悠长。

班固《两都赋》可以说是汉赋之中具有划时代意义的作品，南朝文学评论家刘勰称其为"明绚以雅赡"，后世很多文人都仿写《两都赋》，日益形成了"京都赋"这一赋别，张衡的《二京赋》以及左思的《三都赋》都受到了这篇赋作的影响。

【知识延伸】

张衡《二京赋》

张衡的《二京赋》借鉴了班固的《两都赋》，仿"两都"写"二京"。《二京赋》中包括《西京赋》和《东京赋》两篇，西京为长安，东京为洛阳。

与《两都赋》相比，《二京赋》的体制更为宏大细致，更有鲜明的特色。与之前的叙事类赋作不同，张衡在叙事的同时，还写了西京与东京中的很多风情民俗，像《西京赋》中有关于百戏杂技的描写，《东京赋》中则有驱除疫病的大傩、方相等民俗的叙述。与班固的《两都赋》相比，《二京赋》的生活气息要更为浓厚一些。

第四节 《洛神赋》

【典籍溯源】

《洛神赋》，子建寓言也，好事者乃造甄后事以实之。使果有之，当见诛于黄初之朝矣。唐彦谦云："惊鸿瞥过游龙去，虚恼陈王一事无。"似为子建分疏者。

——刘克庄《后村先生大全集》

《后村先生大全集》是南宋诗人刘克庄所写的一部诗词别集，全书共包含一百九十六卷，其中有诗四十八卷、赋一卷、文一百二十五卷、诗话十四卷、长短句五卷、附录三卷。

关于曹植《洛神赋》中的"洛神"究竟是何人，历史上自古以来争议颇多，刘克庄认为"洛神"一定不是曹丕之妃甄氏，如果洛神真的为甄氏，曹植早就死于曹丕之手了。所以，刘克庄坚定地认为"洛神"不过是曹植虚构出来的人物。

【辞赋文化】

《洛神赋》为三国时期文学家曹植的辞赋名篇，此赋写于曹植离开京城，回归封地的途中，写的是作者与洛神的邂逅以及彼此之间的爱慕与思恋，通过写人神有别，不能相恋的遗憾，来抒发作者的悲伤与怅惘之情。

整篇《洛神赋》就是曹植与洛神相见、相知、相恋、相离的故事。全篇可分为六个部分：第一部分为曹植从魏都洛阳返回封地途中，偶遇洛神；第二部分极尽华丽辞藻来写洛神仪态服饰之美；第三部分写洛神既识礼仪又善言辞，使曹植对她萌生爱慕之意；第四部分写洛神被曹植诚意所感动之后的表现；第五部分写二人相知相恋，但最终因人神殊途，遗憾离去；最后写的是洛神离去后，曹植依旧驻足在原地，不忍离开，隐含着对于洛神的依依不舍之情。

曹植为什么会在回归封地的途中写下这样一篇赋作呢？关于这首赋的创作缘由，文学史上流传着两种观点。第一种观点是曹植笔下的"洛神"指的是曹丕的妃子甄氏，因为《洛神赋》原本名为《感甄赋》，而且曹植又是在甄氏去世的那一年完成了这篇作品。因此，许多学者据此认为《洛神赋》正是曹植为了纪念甄氏所作。

另外一种观点认为曹植笔下的"洛神"并非甄氏，而是暗指曹植心中的理想与抱负。曹植一生最大的理想便是"勠力上国，流惠下民"，他一生志在报效国家、造福百姓，可是这一切自从他的哥哥曹丕称帝之后，便再也不能实现了，等待着他的只有打压和猜忌。《洛神赋》虽然表面写情爱之事，但是实际上却是在写曹植建立、追求理想，但最终理想却破灭的过程。因此，有一部分学者认为，曹植写这篇赋只是在诉说君臣大义，他借洛神之口来向曹丕表忠心，希望曹丕可以重用他，给他一个施展抱负的机会。

曹植写下这篇旷世杰作《洛神赋》，一定有一些不为人知的创作缘由，而他究竟为什么写下这篇赋，也许只有千年前的他本人才知晓。

《洛神赋》作为赋中名篇，极具艺术特色：一方面，曹植在行文过程中加入了许多天马行空的想象，极具浪漫主义色彩；另一方面，全篇多使用比喻、烘托等修辞手法，在文中描写洛神的形象时，以"翩若惊鸿，婉若游龙""肩若削成，腰如约素"等大量比喻来形容她的身形，将洛神形象刻画得极为传神。

曹植在作《洛神赋》时，沿袭了宋玉对女性之美的精巧刻画。这篇《洛神赋》情节完整，辞藻优美，是中国文学史上重要的名篇佳作。

【知识延伸】

曹丕之妻甄氏

这位被大多数学者认为是《洛神赋》中"女主角"的甄氏究竟是何人呢？

甄氏，本名不详，因《洛神赋》中洛神名宓妃，后人多称其为甄宓。甄氏是一个才貌双全的女子，本是袁绍之子袁熙的妻子。官渡之战后，袁绍大败，建安九年（204年），曹军攻入袁军大本营邺城，此时袁家的男丁都在外征战，只有袁绍老婆刘氏和儿媳甄氏留在了邺城，曹丕见甄氏貌美，当下就决定娶她为妻。

甄氏嫁给曹丕之后，颇受宠爱，为曹丕生下了儿子曹叡和女儿东乡公主。后来，曹丕继承王位后，又娶了不少妾室，甄氏因此备受冷落，因嫉妒流露出了一些怨言，最终被曹丕赐死。据说曹丕赐死甄氏时还命其"被发遮面，以糠塞口"，死状极惨，一位绝代佳人最终落得这样一个悲惨的结局。

第五节　《登楼赋》

【典籍溯源】

　　因登楼而四望，因四望而触动其忧时感事、去国怀乡之思。

　　凡三易韵，段落自明，文意悠然不尽，此汉赋规模也。

　　　　　　　　　　　　　　　　　　——李元度《赋学正鹄》

　　《赋学正鹄》是由清代李元度编写的一本赋集，共有十卷。李元度编撰此书是将其作为家塾课本，为"诗赋选士"提供学习典范。所以这本书对于律赋极为偏重，共收录一百四十七篇赋作，其中十八篇为汉代至两宋时期的赋作，其余全部为清人作品。

　　李元度在《赋学正鹄》中对《登楼赋》给予了较高评价，他认为这篇赋作抒发了作者忧国怀乡之感，寓情于景，情景交融，极具抒情色彩和感染力，是汉代抒情小赋中的名篇。

【辞赋文化】

　　《登楼赋》为东汉文学家王粲的赋作，是建安时期抒情小赋的代表作品。王粲，字仲宣，生活在东汉末年，是建安七子之一。由于身处于战乱年代，王粲长期客居他乡，于是在登楼远眺之时，思乡愁绪、怀国之情一下涌上心头。他作这篇小赋主要是为了表达自己对于国家时局动荡的担忧，以及对国家统一的强烈渴望。

　　此赋写于汉献帝兴平元年（194年），董卓的部将李傕、郭汜在长安发动叛乱，扣押公卿大臣，斩杀多名朝廷命官。王粲见状只能离开长安，南下至荆州，投奔汉王朝宗室刘表。可是王粲到了荆州之后，却不受刘表重用，在襄阳屈居了十余年。在这期间，他极为抑郁苦闷，建安九年，在流寓荆州的第十三年，他登上了当阳东南的麦城城楼，凭栏远眺，一时心中百感交集，便写下了这篇抒情小赋。

《登楼赋》共由三段构成，开篇先写了作者登楼之后所看到的美景："挟清漳之通浦兮，倚曲沮之长洲。背坟衍之广陆兮，临皋隰之沃流。北弥陶牧，西接昭丘。华实蔽野，黍稷盈畴。"登上高楼，望着空旷的大地、潺潺的河水以及布满谷物的田地，确实是一幅最美的图景。

紧接着王粲发出感叹，即使这里再美，也不是自己的家乡，自己因战乱流落至此地，至今都未能回归故土，所以在第二段的最后，王粲开始使用大量笔墨来抒发自己的思乡之情。他写"情眷眷而怀归兮，孰忧思之可任"，又写"悲旧乡之壅隔兮，涕横坠而弗禁"，遥望故乡的方向，却根本望不见故乡，只能情不自禁地眼泪横流，表达自己渴望早日归家的热切期盼。

最后一段王粲先抒情后写景，以"惧匏瓜之徒悬兮，畏井渫之莫食"来抒发自己怀才不遇的苦闷，字里行间流露出希望国家早日统一，并且可以在太平盛世一展宏图，为国家建功立业的心情。文末再次写景，王粲在这里写天突然刮起了萧瑟的秋风，天色也变得阴沉沉的，野兽急忙找它的伙伴，鸟雀也鸣叫着展翅高飞。写这些景物的目的，就是为了与他此时悲怆感伤的心情照应，可谓是情景交融，相得益彰。

《登楼赋》最为突出的艺术特色就是通过情景交融的表现手法，创造了如同诗一般的意境。《登楼赋》通篇语言流畅自然，以"登楼"作为开篇契机，以"忧愁"二字贯穿全篇，是抒情小赋中的佳作名篇。

【知识延伸】

汉末董卓之乱

东汉中平六年（189年），董卓率兵进入洛阳，废除了汉少帝，拥立陈留王刘协称帝，自立为相国，把持朝政。后来，以袁绍为首的关东诸侯见董卓独揽朝政，起兵讨伐。董卓大败，挟持汉献帝刘协逃至长安。初平三年（192年），董卓因暴政最终被吕布、王允所杀。

董卓之乱虽然仅历时三年，但是却对东汉末年的政局产生了重大影响，三国群雄便是在这次事件之后逐一登场的，而王粲的《登楼赋》也正写于董卓之乱后。

第三篇

词

第一章　中华词的起源与发展

第一节　中华词的源头

【典籍溯源】

> 惟慢、曲、引、近则不同，名曰小唱，须得声字清圆，以哑
> 筚篥合之，其音甚正，箫则弗及也。
>
> ——张炎《词源》

　　《词源》是宋代张炎撰写的一部词论专著，分为上下两卷，上卷为音乐论，下卷为创作论，全书共分为十三部分，分别是制曲、句法、字面、清空、意趣、用事、咏物、节序、赋情、令曲、杂论等。

　　张炎在《词源》中指出，歌者唱词时，有时候是一人清唱，有时候则辅以筚篥、琵琶、萧等简单的乐器，再以词和之，歌者有男有女，但多以女性为主。

【曲词文化】

　　词是一种抒情诗体，是配合音乐歌唱的乐府诗，但词与诗相比，又有着明显的不同。首先，词的句式长短不一；其次，词是有词调的，也就是我们经常说的词牌名，《浣溪沙》《卜算子》《菩萨蛮》都为词调，词作都是依据词调填成的，这也是为什么我们会将诗歌创作说成"写诗"，

却将词的创作说成是"填词"；最后，词一般都分两段（叫作上下片或上下阕），一首词若只有一段，则称为单调；分两段，称双调；分三段或四段，称三叠或四叠。

关于词的起源，历代学者多有争议，有人认为词起源于先秦时代，因为《诗经》中就已经存在长短句的形式；有人认为词起源于隋朝，因为隋炀帝杨广创作的二首《纪辽东》较为符合词的标准。

刘毓盘在《词史》中曾言："词者诗之余。句萌于隋，发育于唐，敷舒于五代，茂盛于北宋，煊灿于南宋，霸伐于金，散漫于元，摇落于明，灌溉于清初，收获于乾嘉之际……"可见，刘毓盘对于词萌芽于隋朝这一观点是极为认可的。

大多数学者认为词起源于南北朝时期，近代学者梁启超认为："凡属于《江南弄》之调，皆以七字三句、三字四句组织成篇。七字三句，句句押韵，三字四句，隔句押韵……似此严格的一字一句，按谱制调，实与唐末之'倚声'新词无异。"《江南弄》为南梁开国皇帝梁武帝萧衍的代表作品，萧衍精通音乐，爱好民歌，为"竟陵八友"之一，现存诗作八十余首，多数为乐府诗。梁启超认为萧衍的《江南弄》便是最早的词体，所以南北朝时期应为词的起源时间。

除了梁启超外，近代著名学者王国维同样认为词起源于南北朝时期，他曾在《戏曲考原》中言："诗余之兴，齐梁小乐府先之。""诗余"为词的别称，王国维也认为词起源于齐梁时期。

词的发展与梁武帝萧衍有着密切关联，由于他对诗歌的热忱和作为帝王的特殊身份，才让梁代的诗歌开始有了向词发展的苗头。但是，在梁代并没有明确的"词"的概念和形式。

到了唐代，伴随着"胡乐"传入，"燕乐"大盛，词逐渐脱离传统的五言古诗、七言古诗，成为一种独立的文学体裁。

相较于诗的悠久历史，词就显得年轻多了。词最早并不是文人的专属，而是来源于民间。在唐玄宗时期，因为音乐的兴盛，民间有歌者根据音乐的节拍，创作出相对应的歌词，这是词在唐代形成的标志。后来，词在宋代达到高峰，取得了令人瞩目的成就，所以一提到词，我们首先想到的便是宋词。

【知识延伸】

梁武帝萧衍的文学成就

萧衍是南朝梁的开国皇帝，他还是一位文采非凡的"文化人"。萧衍擅长诗歌创作，他的诗歌主要分为言情诗、谈禅悟道诗、宴游赠答诗和咏物诗等。

萧衍的言情诗多以女性为吟咏对象，将女子对于爱情的期盼娓娓道来，代表作主要有《子夜四时歌·冬歌》《襄阳蹋铜蹄歌》等。由于萧衍早年信道，晚年崇佛，所以他的诗作中也存在着大量的谈禅悟道诗。他的一些宗教哲理思想也表现在他的宴游赠答诗中，他经常在这类诗中宣扬佛教思想或是规劝臣子信奉佛教。

萧衍偶尔也会诗兴大发，写几首咏物小诗，题目也都比较直接，例如《咏舞诗》《咏烛诗》《咏笔诗》等。后人对这位帝王的评价为"历观古帝王艺能博学，罕或有焉"。

第二节　唐代的燕乐歌辞

【典籍溯源】

> 盖隋以来，今之所谓曲子者渐兴，至唐稍盛。今则繁声淫奏，
> 殆不可数。古歌变为古乐府，古乐府变为今曲子，其本一也。
>
> ——王灼《碧鸡漫志》

《碧鸡漫志》是由南宋王灼编写的词曲评论笔记。全书共五卷，卷一主要论乐，论述了自歌曲产生至唐宋词兴的过程中歌的演变；卷二主要论词，作者对五代后的词作进行了评论，特别是北宋时期的词作；卷三至卷五则专门对词调进行了论述。

王灼在《碧鸡漫志》中指出词这种文学体裁一开始并不叫"词"，而叫"曲子"，自隋朝以后渐兴，至宋代兴盛。词脱胎于乐府诗歌，随诗歌的发展循序渐进，先是从《诗经》中古老的四言诗慢慢演变为乐府诗，再由乐府诗开始逐渐向词转变。

【曲词文化】

词是诞生于民间的一种歌诗，是由西域传入的"胡乐"与汉族原有的清商乐相融合后，产生的一种新音乐，又名燕乐。燕乐歌曲中的歌辞就是词的雏形，所以词又被称为"燕乐歌辞"，也有"曲子词"之称。

唐代燕乐歌辞的典型特征就是要严格按照乐章结构、曲拍、乐声高低来进行创作。简单来说，就是因乐写词。由于燕乐中的大部分曲

调来自民间，所以其中既有曲也有辞，歌辞需要依据音乐曲调的变化而变化，这就使得词在句子的长短上比较自由，不需要像诗那样整整齐齐。

唐代是诗歌兴盛的时代，这一时期词的发展和诗歌也有一定关系。词的另一个来源就是文人的诗歌，唐代文人在创作词的时候，也会以诗入曲，但由于诗句的字数都一样，所以难免会有不相合的时候，为了适应曲调格式，往往会对诗歌进行破句、重叠等处理。我们经常说诗是用来表达情感的，而以诗入曲，也促使词这种文体具有了抒情的功能。

词的题目中都会包含词牌名，这个词牌名就是用于填词的乐曲名称。唐朝初年，词大多来源于民间，当时并没有什么正式的词牌。唐宪宗元和年间，文人开始填词，他们可使用的词牌不多，只有十几个，例如《一七令》《忆长安》《调笑》等。

随着填词风气日益盛行，至晚唐时期，出现了一批优秀的词人，其中以温庭筠为代表。温庭筠是"花间词派"的鼻祖人物，如今存词七十余首，大都收录于《花间集》和《金荃词》中，他对词的发展起到了一定的推动作用。

至五代十国时期，词的发展更上一层楼，特别是在西蜀与南唐两国，填词最为兴盛。蜀以花间派为代表，其中以韦庄成就最高，南唐词人中则以李煜、冯延为代表。其中，我们最熟悉的词人莫过于李煜了，凭一句"问君能有几多愁？恰似一江春水向东流"流传千古。李煜的词，形象生动、感情真挚，他作为南唐后主，亡国之君，所写的亡国之词，更是含意深沉，使人读起来痛彻心扉。

历经唐朝和五代的发展，词这种文学体裁越来越为文人喜爱，到了宋朝，成为这一时期的文学代表。

【知识延伸】

李煜《浪淘沙令·帘外雨潺潺》赏析

这首词是李煜在去世前创作的，写于他被囚汴京期间。这首词以极为悲怆的语调，诉说自己被俘后对南唐故国的深切思念。全词语言情真意切、哀婉动人，将词人的亡国之痛表现得淋漓尽致。

浪淘沙令·帘外雨潺潺

帘外雨潺潺，春意阑珊。罗衾不耐五更寒。梦里不知身是客，一晌贪欢。

独自莫凭栏，无限江山，别时容易见时难。流水落花春去也，天上人间。

对于雨、花之景寥寥几笔的描写，就能使人悲从中来，词末一句"流水落花春去也，天上人间"，不仅代表着这首词的结束，更暗示着李煜的一生也即将结束。

第三节 词入宋，至鼎盛

【典籍溯源】

> 有宋熙丰间，词学称极盛。苏长公提倡风雅，为一代山斗。
>
> ——况周颐《蕙风词话》

《蕙风词话》为清代词人况周颐的一本文学评论著作，共有五卷。况周颐是晚清著名词人，他认为词是用来"意内言外"的，词必须注重思想内容。他的《蕙风词话》是近代词坛上具有较大影响的一部著作。

况周颐在《蕙风词话》中指出北宋神宗熙丰年间，词学极为兴盛，当时的词人以苏轼最为著名。苏轼对于词的贡献极大，开创了豪放词派，被后代文人视为词界泰山北斗。

【曲词文化】

词历经了南朝、隋唐、五代的发展，到宋代迎来了它的鼎盛时期，因此人们常以"宋词"代称词。宋代是词的王朝，首先表现在这一时期涌现出了数不清的名篇佳作，《全宋词》一书收录了一千三百多位词人创作的两万余首词作。

宋代涌现出了无数著名词人，诸如柳永、李清照、辛弃疾、苏轼、欧阳修、范仲淹等，他们都为宋词的繁荣做出了极大的贡献。此外，这一时期还产生了大量词集，宋代词人中有三百一十三人有词集，例如柳永的《乐章集》、苏轼的《东坡乐府》、周邦彦的《清真集》和辛弃疾的《稼轩集》等，这些传世的词集也是宋词繁荣的表现。

此外，词至宋代开始出现流派，如婉约派和豪放派。宋初词受晚唐花间派的影响，依旧多以写伤春悲秋、男女爱情为主，走的是婉约路线，后来在范仲淹、苏轼等人的努力下，一种新的词派——豪放派诞生了。

苏轼是豪放派词的开创者，他不认可"词为艳科"这种论调，认为词不仅可书写风花雪月、闺情离怨，亦可以写山水风光，抒豪情壮志，因此他一直致力于词风的革新，并开创了"豪放派"的词风。

北宋仁宗赵祯时期，是宋词发展的一个小高潮，有许多作词名家都是在这时崭露头角的，例如写"无可奈何花落去，似曾相识燕归来"的晏殊，写"衣带渐宽终不悔，为伊消得人憔悴"的柳永，写"人生自是有情痴，此恨不关风与月"的欧阳修，写"先天下之忧而忧，后天下之乐而乐"的范仲淹，都是出自这一时期。

词之所以会在宋朝盛行，有以下几个原因：

首先，国家统一、经济繁荣为词在宋代的发展提供了土壤。由于宋朝是赵匡胤发动兵变建立的，为了避免武将夺权，统治者开始实行重文轻武的国策，这为文学发展创造了一定的外部条件。

其次，宋朝城市经济的发展促使市民阶层不断扩大，人们对于文化娱乐生活提出了更高的要求，词乘着这样的东风蓬勃发展起来。人们或写金戈铁马，或写哀愁离怨，或写风花雪月，词逐渐成为人们津津乐道的一种文学体裁。

最后，两宋时期社会矛盾比较尖锐，词人纷纷以词来表达自己的思想感情。尖锐的社会矛盾，金人与南宋朝廷的矛盾，主战派与主和派之间的矛盾……目睹这一现状的辛弃疾、文天祥、陆游等著名词人，为山河破碎无奈，为国破家亡忧愁，写下了一篇又一篇的爱国诗词。

词在宋代发展到了顶峰，后人将词视作宋朝的代表文学。自此，"唐诗""宋词"被视为我国古代文坛最闪耀的两颗星。

【知识延伸】

词的分类

　　词有四种分类方式，按照字数分的话，可以分为小令（五十八字以内）、中调（五十八至九十字）以及长调（九十字以上）；按照音乐性质分，可以分为令、引、慢、三台、序子等九种；按照节拍分，可以分为令、引、近、慢；按照词牌来源划分，可以分为本来就是乐曲名称的词、摘取词中的字词作为词牌的词，以及本来就是词的题目的词等。

第四节　元明词的衰落

【典籍溯源】

> 元人词断不宜近，盖以元词音律破坏，且非粗即薄。
>
> ——蒋兆兰《词说》

《词说》为晚清蒋兆兰所撰写的一部词学批评专著，他在这本书中分别对词源、词的功能、词的体性、词的创作、词的艺术等方面进行了系统的论述，这部著作是晚清数一数二的词话作品。

蒋兆兰在《词说》中对元词的评价是"断不宜近""非粗即薄"，词自从发展到了元代后，已经丧失了部分音乐的功能，它的地位已经大不如宋朝，元代也因此被视作词的衰落期，这种情况在明朝时也是如此。

【曲词文化】

词发展至元明时期，进入了一个低谷期，无论是词人还是词作，数量都有所下降。大多数事物的发展都会经历盛极必衰的趋势，元明词的发展虽然难以延续两宋时期的盛况，呈衰落之势，但是在这一时期还是出现了一些词人，留下了一些名篇佳作。

根据元词的创作内容来看，其发展大致可以将其分为两个阶段：

第一阶段为元朝建立之前蒙古时期词人的创作，代表词人主要有元好问、陆文圭、张之翰等。这些词人大多经历过战乱以及亡国之痛，因此他们的作品大多写国破家亡之痛，或是世事变迁之悲。

例如，元好问的《临江仙·自洛阳往孟津道中作》就是写家国之恨的一篇词作。这首词作于元好问三十三岁那一年，他本来在前一年已考中进士，想要一展宏图，为国效力。谁知才过了一年，蒙古入侵金，国将不国，科举功名已无用处，他在理想与现实的对抗中，写下了这篇述怀之作。

第二阶段则是元朝统一之后的词人创作，代表词人有张雨、萨都刺、张翥等，这些词人生活在元朝建立后的和平年代，因此他们的词大多写追求半隐半俗的生活，对科举功名发出貌似旷达而又难以释然的议论。

萨都刺为这一时期的著名词人，他是一位少数民族词人，出生于雁门（今山西代县），好绘画，善诗词，精书法，被誉为"雁门才子""有元一代词人之冠"。萨都刺的诗词内容多以游山玩水、归隐赋闲、慕仙礼佛、酬酢应答为主，他的词作并不算多，但每一首都是精品，《念奴娇·登石头城》和《满江红·金陵怀古》为其代表作。

至明朝时期，词的发展依旧衰微，但是在词坛也出现了一些名家和作品。明朝初年的代表词人主要有刘基、杨基、高启等人，他们的词作大多还保有宋元遗风。刘基词风婉约，多写闺怨愁绪，例如《眼儿媚·咏秋闺》《蝶恋花·新制罗衣珠络逢》等，都是凄婉之作。

明朝中期以后，词的发展已呈凋敝之势，词人主要有杨慎、王世祯、汤显祖等，这些人虽然从事词的创作，但都不是行家。其中杨慎的传世词作较多，《转应曲·银烛》《少年游·红稠绿暗遍天涯》《临江仙·滚滚长江东逝水》是他的代表作。

【知识延伸】

明末词学渐趋中兴

很多学者将明朝的最后二十余年视为清词中兴的前奏，这一时期的代表词人为陈子龙。陈子龙对明末清初的词坛有重大贡献，他除词人的身份外，还参加过抗清起义活动，最终在永历元年（1647年）投水殉国。

陈子龙被后世文人称为"明代第一词人"，写下了多篇爱国词作，例如他作《点绛唇·春闺》来暗寓明朝倾覆，抒发了自己的亡国哀痛和复国之志；他写《山花子·春恨》，抒发自己的国破家亡之恨。

陈子龙的出现，代表着明末词风的转变，也预示着词的中兴时代即将到来。

第五节　清代词的复兴

【典籍溯源】

　　逮乎晚清，词家极盛，大抵原本风雅，谨守止庵，导源碧
山，历稼轩、梦窗以还，清真之浑化之说为之。

——蒋兆兰《词说》

　　蒋兆兰在《词说》中提到，词历经了元明的衰落后，到了清代再次兴
盛了起来。晚清时期，出现了多个地域词派，例如《词说》中提到的"止
庵"，为晚清著名词人周济，他是常州词派词人。此外，晚清时期还有同
光体派、浙西派等。

【曲词文化】

　　词经过了元明两代的沉寂，至清代再次"卷土重来"，呈现出"中
兴"景象。

　　清代初年，许多明代文人不愿接受亡国的现实，执笔书写反清复明
之志，寄托亡国哀思。在这一时期他们创作了大量的遗民词，徐灿、夏完
淳、屈大均等都是这一时期的遗民词人。

　　除遗民词人外，在清代初年还出现了不少词派，例如以陈维崧为首的
阳羡词派，以朱彝尊为首的浙西词派，以及自成一家的著名满族词人纳兰
性德，他们三人被合称为"清初三大家"。

　　陈维崧的词大多写社会现实，真实反映民间疾苦和当朝国事，所以又

有"诗史"之称。陈维崧用词写社会现实，其风格尤其接近于辛弃疾，豪放雄浑。

朱彝尊是浙西词派的创始人，他主张写词应达到"清空"的境界，即词不用太注重形式，而是要有古雅峭拔的格调和疏淡清远的意境，这也是浙西词派一贯坚持的创作风格。

纳兰性德是清代著名词人，他的词大多写闲愁哀怨，慨叹命运无常，词风凄婉悲凉，独具特色。

清代中期的词人以厉鹗、张惠言为代表。厉鹗继承了朱彝尊的衣钵，成为浙西词派的代表人物，他秉承朱彝尊"清空"的主张进行创作，词作以纪游、写景、咏物为主，选取的意象大多以幽冷孤寂的基调为主。

张惠言开创了一个新的词派——常州词派，他提倡写词应以比、兴为主，注重表达真情实感，反对精雕细琢的作品。

清代后期是词人、词作数量最多的时期。清朝末年，国难当头，面对列强的侵略，清政府一再妥协退让，一些爱国词人开始用词作来表现时代精神，表达对清政府软弱妥协、签订了一系列丧权辱国条约的谴责，表达对于忍受战乱之苦、流离失所的百姓的同情。他们提倡废除封建旧制度，倡导民族革命，这些文人虽然不具备上战场杀敌的能力，却将满腔的爱国热情书写成了一篇篇词作，发出了震撼人心的力量。这一时期的著名词人主要有王鹏运、郑文焯、况周颐等人。

王鹏运被誉为晚清词坛的领袖人物，属于常州词派，他的词作多写身世之感。在戊戌变法前后，他写了很多感怀时事的作品，例如悼念戊戌六君子之一的刘光第，表达对于庚子事变的愤慨，以及对于光绪皇帝的不幸遭遇表示同情。

【知识延伸】

况周颐与郑文焯

况周颐与郑文焯都是晚清时期的代表性词人。

况周颐，字夔笙，晚号蕙风词隐，著有《蕙风词》《蕙风词话》。况周颐属常州词派，甲午中日战争时，他痛感国家危亡，写下了许多感怀时事的作品，例如《唐多令·甲午生日感赋》《苏武慢·寒夜闻角等》。

郑文焯，字俊臣，号小坡，又号叔问，晚清官员、词人，著有《瘦碧词》《词源斠律》等著作，代表词作有《玉楼春·梅花过了仍风雨》《蝶恋花·乙酉中秋夜雨》等。郑文焯的词自成一家，以清空澹雅为典型特征，清末官员陈启泰称其词为"直逼清真，时流无与抗争"。"清真"指的是宋代著名词人周邦彦，郑文焯能与周邦彦相比，可见他的词确实不一般。

第二章 中华曲词知识

第一节 词的别称

【典籍溯源】

> 柳三变既以调词忤仁庙，吏部不放改官。三变不能堪，诣政
> 府。晏公曰："贤俊作曲子么？"三变曰："只如相公亦作曲子。"
> 公曰："殊虽作曲子，不曾道彩线闲拈伴伊坐。"柳遂退。
>
> ——张舜民《画墁录》

《画墁录》是宋代张舜民撰写的一部笔记小说。张舜民在《画墁录》中记述了柳永与晏殊的对话，这两人都是作词方面的大家，二人对话之中的"曲子"正是词这一文学体裁的别称。

【曲词文化】

词属于诗的一种别体，最早的别称为"曲子"，这里的曲子指的是隋唐时期的一种音乐——燕乐，也可称之为"宴乐"，根据这种音乐所填写的词，叫作"曲子词"。

刘熙载在《艺概》中指出："词曲本不相离，惟词以文言，曲以声言耳。""词即曲之词，曲即词之曲。"也就是说词曲之间没有严格的界限，曲即是词，词即是曲。在唐朝、五代时期，文人都是以曲

子词代称词，后来随着词与音乐逐渐分离，才以"词"作为这种文学体裁的统称。

词除被称作"曲子"外，还有近体乐府、长短句、诗余等别称。

北宋人将词定名为"乐府"。乐府本来是秦汉时期设立的音乐机构，负责收集民歌，再加以润色配乐，供朝廷宴飨时歌唱，后来逐渐演化为一种诗体的名称，即乐府诗。

至北宋初期，乐府又被用来代表词这种文体，北宋人将《花间集》《尊前集》等词集统称为"乐府"，晏几道将自己的词集定名为《小山乐府》。后来，欧阳修觉得乐府通常指诗歌，形式与兼有长短句的词不同，于是改称词为"近体乐府"，将自己的词集命名为《欧阳文忠公近体乐府》。在北宋时期，"乐府"与"近体乐府"都曾做过词的别称。

北宋时期，词还有另一别称，名为"长短句"。关于这一别称，南宋学者王明清在《投辖录》中有记载："拱州贾氏子，正议大夫昌衡之孙，美风姿，读书能作诗与长短句……"可见，此时"长短句"已经和诗并列，成为词的代名词。北宋时期也有文人使用"长短句"来为自己的词集命名，例如苏轼最早的词集刻本名为《东坡长短句》，秦观的词集名为《淮海居士长短句》。

由于词是由诗发展而来的，因此又有"诗余"之称，南宋的文人多使用"诗余"这一别称。关于"诗余"，历来有两种解释：一是有人认为作词要典雅纯正，要将诗歌清空雅正的语言风格应用到词的创作中，所以称之为"诗余"；另一种说法是"诗人之余事"。

清代文人李良年在《词家辨证》中就曾使用这一别称："今诗余名，《望江南》外，《菩萨蛮》《忆秦娥》称最古。"一些词人会将自己的词集称为"诗余"，例如清代王锡的《啸竹堂诗余》、宋代廖行之的《省斋诗余》等。

【知识延伸】

乐章与琴趣

词的别称还有"乐章"与"琴趣"。

我们现在多把交响曲、奏鸣曲等称作乐章，其实宋代文人还将词称为"乐章"，例如宋代著名婉约派词人柳永就将自己的词集命名为《乐章集》。

琴趣有时也用于指代词。琴趣一词本来是源于陶渊明的"但识琴中趣，何劳弦上音"，后来宋时的黄庭坚和欧阳修开始以"琴趣外篇"来为自己的词集命名，如《山谷琴趣外篇》《醉翁琴趣外篇》。元明词人根据"琴趣外篇"引申出了"琴趣"这一别称，认为词是可以搭配音乐演唱的文体，自然就联想到了琴曲，便将"琴趣"当作了词的别称。

第二节　词牌的来源

【典籍溯源】

　　明皇秋八月，太液池有千叶白莲数枝盛开，帝与贵戚宴赏焉。
左右皆叹美，久之，帝指贵妃示于左右曰："争如我解语花？"

——王仁裕《开元天宝遗事》

　　《开元天宝遗事》是一本笔记小说，共两卷，作者为五代十国时期的
王仁裕。本书中主要记述了唐朝开元、天宝年间的奇闻轶事，例如其中记
述了唐代宫中七夕、寒食等节日习俗，滔滔不绝、妙笔生花等典故也是出
自此书。

　　王仁裕在这本书中也曾记述过"解语花"这一典故，"解语花"指的
是善解人意的花，用于比喻善解人意的美女。唐明皇在宴赏莲花时称杨贵
妃为"解语花"，后来"解语花"经北宋文学家周邦彦创制，成为一个
词牌。

【曲词文化】

　　一首词的名字通常由两部分构成，分别是词牌和标题。所谓词牌，指
的是填词时使用的曲调的名称，它决定了词的格式、声律、节奏与音律，
比如，一首词的字数、句数、平仄以及韵脚都是根据曲调来确定的。因为
词有不同的格式，所以就有了不同的词牌，词的曲调共有一千多个，但词
的数量却远远不止一千首，所以文人在填词时常常会出现不同的词共用一

个词牌的情况。

曲调名是如何慢慢演化为词牌的呢？我们都知道词脱胎于燕乐歌辞，它最初就是歌词，要配合乐曲进行演唱，每一首乐曲都有各自的曲调，但是又不能随便用曲调一、曲调二来命名，于是古代的谱曲者就给每个曲调起了一个独一无二的名字，这就是曲调名，后来成了词牌。

词牌的来源大概有以下几种：

一是取自原来的乐府诗题，如"乌夜啼""长相思"等。

二是源自唐代教坊曲，例如，著名的"浪淘沙"就是唐代教坊名曲，后来被用为词牌名，南唐后主李煜就曾用"浪淘沙"写过词。

三是取自历史典籍或是前人的诗句，例如，"醉春风"这一词牌就是从李白的《宫中行乐词八首》"丝管醉春风"一句中摘取的；再如"解连环"这个词牌则是出自《庄子》的"连环可解也"一句。

四是直接摘取词中的字词当作词牌名。如词牌《忆秦娥》，最初填的一首词开头两句是"箫声咽，秦娥梦断秦楼月"，所以词牌名就叫《忆秦娥》了。

五是因为作品出名，就把原来的词牌名改成和著名词作相关的字词。如词牌《忆江南》，原名叫作《望江南》，因为白居易的诗中有一句"能不忆江南"的名句，所以《望江南》这个名字就改成了《忆江南》。

还有直接使用人名、地名或是历史故事为背景作词牌名的，例如《念奴娇》就是源于唐代天宝年间一个名叫念奴的著名歌姬，《虞美人》则是来自项羽宠姬虞姬。

除使用人名之外，词牌中还会使用地名，例如《南浦》，本指南面的水边，后用来指送别之地，南宋词人张炎曾使用这个词牌作《南浦·春水》。

此外，人们还会化用历史故事作为词牌，人们所熟知的《沁园春》这一词牌就来源于一个历史故事。据说东汉明帝女儿沁水公主有一座园林，名为沁园，后来被外戚窦宪夺走了，后世有文人作词歌咏此事，于是便有了《沁园春》的词牌名。

词牌名有上千个，古代文人只靠脑子也记不住这么多，所谓"好记性不如烂笔"头，于是后人为了方便填词，便依照古代名作进行归纳整理，编辑成工具书，名为词谱。常用的词谱类书籍有清代万树编的《词律》、舒梦兰编的《白香词谱》和王奕清编的《钦定词谱》等。

【知识延伸】

为什么大多数词牌与词的内容无关？

我们在读词的时候会发现，其实大部分词作的词牌与词的内容基本上毫无关联，例如李白的《菩萨蛮·平林漠漠烟如织》通过写景表现人的愁思，内容和"菩萨蛮"这个词牌根本毫无关系，这是为什么呢？

这是因为最初的词是与曲相互配合，共同组成一个完整的音乐作品，通常某个词牌的第一首词和内容是有联系的。有了这个词牌后，文人就只要按谱填词了，所以词的内容与词牌就没什么关系了。

后来，词完全脱离了曲，词牌便仅作为文字、音韵结构的一种定式，词的标题逐渐演化为词牌加题目的格式。词牌为词调的名称，题目代表词的主题，例如《沁园春·雪》这首词，"沁园春"是词牌，"雪"是词的标题。

第三节　能演唱的词调

【典籍溯源】

　　第一要择腔。腔不韵则勿作，如塞翁吟之衰飒，帝台春之不顺，隔浦莲之寄煞，斗百花之无味是也。

　　　　　　　　　　　　　　　　　　　　——张炎《词源》

　　张炎在《词源》中指出作词有"五要"，第一要便是要择腔，即为词选择一个适合的词调，声和词应相从，声情和文情保持一致，这样才能创作出一篇好的作品。例如，如果要写豪情壮志，就要使用《满江红》这类慷慨激昂的词调；如果要写伤春悲秋，就可以用《木兰花慢》这类悲哀婉转的词调。

【曲词文化】

　　词调，即古代文人填词时所使用的格调，也可以理解为乐谱。如果要写一首词，必须先有词调，然后再依据词调的声韵进行填词，词调主要来源于以下几个方面：

　　一是从周边的国家传入，例如，著名的《菩萨蛮》是借鉴了古印度的乐调，再如唐代著名的《霓裳羽衣曲》也是在吸收了印度《婆罗门曲》的基础上，加工改制而成的。

　　二是来自民间。起初，很多的曲调都是从民间产生的，如《竹枝》原是长江中下游的民歌，《麦秀两歧》也是农村歌曲，后来都被用于填词的曲调。

　　三是来源于官办的音乐机构。早在汉武帝时期，就创立了音乐机关乐府，制作乐曲就是乐府的任务之一。宋徽宗时期设立了大晟乐府，以词人周邦彦为提举官，专门制作填词的曲调，曾推出过《徵招》《并蒂芙蓉》《黄河清》等词调。

　　四是乐工歌姬或是文人自制的词调。乐工歌姬就是专门演唱乐曲的一类人，她们都会自制词调，《雨霖铃》《还京乐》等都为乐工制作。唐宋时期，有很多文人也精通乐理，他们有时也会自制词调，柳永、周邦彦、姜夔等人都长于制调。姜夔的自渡曲十七首，词调就是由他自己制作的。

　　词调被创作出来，记录下来就是曲谱，每个词调最初都有曲谱。但是，随着朝代的更迭，它们大都遗失在了漫漫历史长河中。至今可考的记录唐宋时期曲名的历史典籍为《教坊记》，但是书中也只有曲名，曲谱都已经亡佚了。

　　张炎在《词源》中提到作词"第一要择腔"，即我们通常所说的择调。词调不同，所表达的感情也不同，因此词人在填词时，往往都会选择与词所要表达的感情相一致的词调，从而使声词相从，声情和文情保持一致。因此，早期文人填词时，词的内容和词调是有关联的，比如《临江仙》则言仙事，《女冠子》则述道情，《河渎神》则咏祠庙，词的内容都和词调名相关。

　　到了宋代，人们将词逐渐诗化，填词不再是为了应歌，文人只按照词的格律而不按照曲的音律来填词，所以，渐渐地词的内容和词调就没什么关系了。

【知识延伸】

"令""引""近""慢"

　　词调分为"令""引""近""慢"四种，即令曲、引曲、近曲、慢曲。

　　"令"这个名称来源于唐人在宴会上即兴填词作酒令，久而久之就衍生出了小令这一词体，其在唐、五代时期尤为盛行。

　　"引"为乐府诗的一种，其源自唐宋大曲中的"引歌"，是截取大曲中前段部分改编而成。

　　"近"又被称作近拍，是词体的一种，字数最短的近为《好事近》，有四十五字，最长的为《剑气近》，有九十六字。

　　"慢"为慢曲的简称，由于慢曲的声调延长，以至于慢词的字句也较长，所以慢词是这四种词中篇幅最长的。

第四节　小令、中调与长调

【典籍溯源】

　　词家小令、中调、长调之分，自此书始。后来词谱依其字
数，以为定式，未免稍拘，故为万树《词律》所讥。

——《四库全书》

　　《四库全书》全称《钦定四库全书》，是清代乾隆年间编修的大
型丛书，由纪昀等三百六十多位学者历时十三年共同编撰完成，共分
为经、史、子、集四部。全书共收录了三千四百六十二种图书，共计
七万九千三百三十八卷，约有八亿字。

　　《四库全书》第一百九十九卷《类编草堂诗余》中提出了按字数划分
词类的方式，将词分为小令、中调与长调。后来，清代学者毛先舒进一步
细化了字数，他在《填词名解》中提出："五十八字以内为小令，五十九
字至九十字为中调，九十一字以外为长调。"

【曲词文化】

　　词根据字数划分，可分为小令、中调与长调，三者也被称作"词调
体式"。

　　小令为词调体式之一，最早盛行于五代时期，词牌中有"令"字的，
多为小令，例如《三字令》（四十八字）、《留春令》（五十字）等，都
是小令的词牌。最早的小令为隋炀帝时期的《河传》。

毛先舒机械地规定了小令的字数，为五十八字以内，比如《十六字令》（十六字）、《如梦令》（三十三字）都满足这个字数要求。但是，也有例外，如《百字令》就有百余字，这超过了小令规定的字数。所以，我们需要注意，并不是所有词牌中带有"令"字的就是小令。

关于小令的篇章结构可分为单片、双片、多片三种。我们平常读到的小令一般以双片居多，有时也有单片，多片的词比较少见，但是也存在，比如《九张机》。

如果想用小令来填词，首先要学会作律诗，这样才能更好地控制词的篇幅和字数。由于小令在音乐上有雌雄问答的讲究，所以双片的小令更具音乐性，这也是现存大部分小令多为双片的原因。

李清照的《如梦令·常记溪亭日暮》就是小令中的名作："常记溪亭日暮，沉醉不知归路。兴尽晚回舟，误入藕花深处。争渡，争渡，惊起一滩鸥鹭"，这首词的字数不多，是一首单片的词作。

毛先舒认为一首词的字数在五十九字至九十字之间，就可以将其视作中调，属于中调的词牌有《一剪梅》《蝶恋花》《渔家傲》等。《一剪梅》这个词牌以周邦彦的《一剪梅·一剪梅花万样娇》为正体，为双调六十字，代表作为李清照的《一剪梅·红藕香残玉簟秋》。《渔家傲》这个词牌以晏殊的《渔家傲·画鼓声中昏又晓》为正体，为双调六十二字，代表作有范仲淹的《渔家傲·秋思》。

长调指的是词调中的长曲，毛先舒认为字数为九十一字以上的为长调，但不可太拘泥，也有最短的长调为《卜算子慢》，全篇只有八十九字，最长的长调为《莺啼序》，通篇二百四十字。除此之外，长调的词牌还有《雨霖铃》《满江红》《水调歌头》等，其中《水调歌头》为双调九十五字，《满江红》为双调九十三字。

北宋时期，慢词日益流行。所谓慢词，就是依据慢曲填写的调长拍缓的词。慢词的篇幅一般较长，大多都为长调。北宋柳永创作了大量的慢词，后来随着苏轼、黄庭坚等人的继起，慢词这种长调就慢慢地流行起来。

【知识延伸】

小令的创作技法

小令的字数较少，一般三四句话就能完整地描写某个特定场景、某一瞬间的心理活动。对于小令这种简短的词体来说，在写作时最重要的就是快进快出，起句要引人入胜，结句要意犹未尽。

小令常用的结构为上片写景、下片抒情。就上片写景而言，铺陈景物时可采用并列的模式，将多个主旨相映的多个情景，罗列在一起，最后再以总结式的结句来结束上片；下片抒情则要在表述的时候安排一些转折，这样更能够打动人心。

第五节　婉约词派与豪放词派

【典籍溯源】

词体大略有二：一体婉约，一体豪放。婉约者欲其辞情酝藉，豪放者欲其气象恢弘。盖亦存乎其人，如秦少游（秦观）之作多是婉约，苏子瞻（苏轼）之作多是豪放，大抵词体以婉约为正。

——张綖《诗余图谱》

《诗余图谱》为明代张綖编写的一部词学著作，共有三卷，分别是小令、中调和长调；另有序文两篇，一为蒋芝为这本书所写的《诗余图谱序》，二为张綖自序。此外，在两篇序文之后还有《凡例》八条，其中有关于婉约派和豪放派的界定。

最早将词划分为豪放派和婉约派，就是张綖在《诗余图谱·凡例》中提出的。张綖认为婉约派的风格应是"辞情酝藉"，即内涵丰富、婉转悠扬；豪放派的词风则是"气象恢弘"，即慷慨激昂、直抒胸臆。婉约派主要以秦观、柳永等人为代表；豪放派主要以苏轼、辛弃疾等人为代表。

【曲词文化】

词从风格上可以分为婉约和豪放两大派。词一开始就是"婉约"风格，据《旧唐书》记载："自开元以来，歌者杂用胡夷里巷之曲"，这些来自民间的词大多都是写相思爱情的，而这类题材的词都属于婉约派。

至晚唐，文人填词日益兴起，他们承民间词风，继续写相思爱情，所以最初的文人词属于婉约派，只是当时还并未出现"婉约派"这一称呼。

最早的婉约派当数晚唐的"花间派"，代表词人有温庭筠、韦庄、皇甫松等人。"花间派"一名源于后蜀赵崇祚的一本词集《花间集》，他们的词多歌咏旅愁闺怨、合欢离恨、男女情爱，致使词一度被冠以艳词、艳曲之称，《新唐书》中就曾评价温庭筠"多作侧辞艳曲"。花间派是"婉约鼻祖"，对后来的婉约派词人产生了一定的影响，温庭筠本人也被尊为"花间词祖"。

提到婉约派就不得不说到一位帝王——南唐后主李煜。李煜绝对是婉约词派的代表，他善于在词中运用富有感染力的比喻，将"愁"写得既形象又抽象。例如，他的《虞美人·春花秋月何时了》"问君能有几多愁？恰似一江春水向东流"，再如他的《相见欢·无言独上西楼》中"剪不断，理还乱，是离愁。别是一般滋味在心头"。通过这些文字，"愁"被具象化，很容易引起人们的共鸣。

唐朝、五代时期，虽然词作已有佳篇，但词真正的巅峰是在宋代。宋代涌现出了一大批婉约派的词人，前有晏殊、柳永，后有秦观、李清照。

豪放派的词作与婉约派的截然不同，其风格极为豪迈奔放，词中充满了豪情壮志，多给人一种积极向上的力量。

豪放派的代表词人为苏轼、辛弃疾。苏轼是豪放词派的开创者，他不满当时艳丽衰弱的词风，认为词不仅仅只能写风花雪月，亦可以"无言不可入，无事不可言"。他提出了"以诗为词"的主张，将词从"艳科"的藩篱中解放了出来。

苏轼的词风豪迈奔放，例如他在《念奴娇·赤壁怀古》中写"大江东去，浪淘尽，千古风流人物"，这是怎样的气势雄浑、大气磅礴；他又在《定风波·莫听穿林打叶声》中写"竹杖芒鞋轻胜马，谁怕？一蓑烟雨任平生"，这又是怎样的轻松豪迈、超凡旷达。苏轼扩大了词的题材与影响力，开创了豪放派这一新的词派。

与苏轼并称的豪放派词人是辛弃疾。由于辛弃疾所处的南宋时期，金人入侵，国土沦丧，所以他的词多以国家、民族等现实问题为题材，抒发慷慨激昂的爱国情怀和壮志难酬的忧愤。比如《水龙吟·甲辰岁寿韩南涧尚书》《满江红·建康史帅致道席上赋》《永遇乐·京口北固亭怀古》等，都是辛弃疾抒发豪放情感的佳作。

辛弃疾的爱国词对后世也产生了巨大影响，后来的陈亮、刘过等文人在创作时都曾向辛弃疾学习。

【知识延伸】

《八声甘州·对潇潇暮雨洒江天》赏析

《八声甘州·对潇潇暮雨洒江天》为婉约派词人柳永的代表作，这是抒发作者羁旅他乡和壮志难酬之感的代表作。

八声甘州·对潇潇暮雨洒江天

对潇潇暮雨洒江天，一番洗清秋。渐霜风凄紧，关河冷落，残照当楼。是处红衰翠减，苒苒物华休。惟有长江水，无语东流。

不忍登高临远，望故乡渺邈，归思难收。叹年来踪迹，何事苦淹留。想佳人妆楼颙望，误几回、天际识归舟。争知我，倚阑杆处，正恁凝愁！

词的上片通过"潇潇暮雨洒江天""渐霜风凄紧"来描写秋天悲凉的景色，这样的悲秋之景，与柳永心中羁旅他乡的愁苦正好照应，因此作者在下片便以"不忍登高临远，望故乡渺邈，归思难收"来抒发自己的思乡之情。

第三章　中华曲词名家名作

第一节　柳永

【典籍溯源】

> 柳三变游东都南北二巷，作新乐府，骪骳从俗，天下咏之，遂传禁中。仁宗颇好其词，每对酒，必使侍从歌之再三。
>
> ——陈师道《后山诗话》

《后山诗话》为北宋陈师道所撰写的一部诗论著作，这部著作仅有一卷。陈师道对杜甫极为推崇，他在书中提出"学诗当以子美为师，有规矩，故可学……学杜不成，不失为工"，认为学诗就应从杜甫入手。《后山诗话》不重视记事和摘句，主要以文学批评为主。

陈师道在《后山诗话》中指出柳永的词在当时流传甚广，就连宋仁宗都对他的词颇为喜欢，每到宴会之时，都要安排侍者唱上几曲。柳永的词多使用白描手法，带有浓厚的生活气息，因此颇受大众欢迎，出现了"凡有井水处，皆能歌柳词"的盛况。

【曲词文化】

柳永（约984—约1053），字耆卿，崇安（今福建武夷山）人，生于沂州费县（今山东费县），因在家中排行第七，又称柳七，北宋著名词人，婉约派代表人物。

柳永生于官宦之家，父亲为工部尚书柳宜，他少时就爱好诗词，而且立志要考取功名。柳家早年流寓杭州、苏州等地，流连于美好湖山和繁华都市，创作了不少脍炙人口的佳作。《望海潮·东南形胜》一词就是在他旅居杭州去拜谒孙何时所作，他希望孙何可以帮忙引荐。

大中祥符元年（1008年），柳永带着"登科及第"的信心来到了北宋都城汴京，参加科举考试。结果，柳永的文章却因"属辞浮靡"遭到了宋真宗的严厉批评，他的首次科举考试以落榜告终。他壮志难酬，极为愤怒，便写下了一首《鹤冲天·黄金榜上》，词中以"忍把浮名，换了浅斟低唱"，来表达自己落榜之后的纠结与痛苦。

柳永并未就此放弃仕途，他又接连参加了三次考试，但依旧名落孙山。天圣二年（1024年），柳永第四次科考失败，彻底失望，选择离开汴京，沿水路南下漂泊，以填词为生，名作《雨霖铃·寒蝉凄切》就是作于此时。

宋仁宗乾兴元年（1022年）即位之初，为了招揽人才，特开恩科。柳永听说朝廷开恩科，放宽了录取条件，心中的入仕之火再次被点燃，他立刻赶往汴京应考。皇天不负有心人，柳永终于中了进士，开始了他的仕途。

皇祐元年（1049年）之前，柳永一直都在各地当官，曾任睦州团练推官、余杭县令等官职。柳永做官期间，政绩卓著，深受当地百姓的爱戴。皇祐四年，柳永官至屯田员外郎，此后便告老还乡，因此后世也称他为"柳屯田"。

柳永几近半生都在羁旅漂泊中度过，这为他提供了许多创作的灵感。他一生写了二百多首词，调一百二十五首，慢词八十七首，节奏舒缓，凄婉深沉，因此他的词被视作宋代婉约词的代表。他将写赋的手法运用到词中，层层刻画，尽情铺叙，同时运用了很多的俗语和口语，使人有亲切之感。

柳永的词除写羁旅生活外，还会写男女感情、都市生活以及市井生活，其中描写男女情感的作品最多，例如《集贤宾·小楼深巷狂游遍》《斗百花·满搦宫腰纤细》等，这些词作中的女主人公，多是一些沦落到青楼的女子。或许是与柳永的亲身经历有关，他对这些有着不幸遭遇的女子充满关切，用词诉说她们的幽怨苦闷。

柳永是第一位对宋词进行全面改革的词人，他的词对后世词人产生了非常大的影响，就连苏轼、黄庭坚、秦观等著名词人都受到了柳永词的启发和影响。

【知识延伸】

奉旨填词柳三变

柳永参加科举考试名落孙山后，心中充满了愤慨，一气之下便写了一首《鹤冲天·黄金榜上》，将自己科考落第后的失意和不满都表达了出来。他在词中写"忍把浮名，换了浅吟低唱"，此时沉浸在落第苦闷中的柳永，认为功名也没有什么好，还不如喝着小酒浅酌低唱来得痛快。然而柳永的这首词，为他的坎坷仕途埋下了隐患。

三年之后，柳永再次参加科举考试，宋仁宗听过柳永的那首《鹤冲天》，便说："既然想要'浅吟低唱'何必在意虚名，且填词去"，然后就把柳永的名字从进士的名单上划去，柳永因此又落榜。从此之后，柳永便戏称自己为"奉旨填词柳三变"。

第二节　苏轼

【典籍溯源】

　　山谷云："东坡书挟海上风涛之气。"读坡词，当作如是观，琐琐与柳七较锱铢，无乃为髯公所笑？

——王士祯《花草蒙拾》

　　《花草蒙拾》是清代文学家王士祯所撰写的一部词话，共有一卷，共五十九则。这部著作是作者在阅读《花间集》和《草堂诗余》后的感悟，书中列举了很多前人的话，同时也加入了自己的所想所感。

　　王士祯在《花草蒙拾》中评价苏轼时引用了黄庭坚说的"东坡书挟海上风涛之气"，他认为苏轼的词气象宏阔，不应该以读旧词的眼光来看他的词，而是要以一种"豪迈"的视角来看待苏轼的词。

【曲词文化】

　　苏轼（1037—1101），字子瞻，号东坡居士，世称苏东坡，眉州眉山（今四川眉山）人，祖籍河北栾城，北宋著名文学家、书法家、美食家、画家。

　　嘉祐二年（1057年），二十岁的苏轼去参加科举考试，执笔写下了《刑赏忠厚之至论》的策论文章。这次考试的主考官欧阳修看了苏轼的文章后，对这篇文章颇为赏识。本来苏轼是有望获得第一名，但是由于欧阳修误以为这篇文章是自己的弟子曾巩所作，为了避嫌，就将这篇文章定为了第二名。因此，苏轼以乙科进士及第，开始了他的仕途生涯。

苏轼先后在凤翔、杭州、徐州等地任职，元丰三年（1080年），因为"乌台诗案"遭到贬谪。宋哲宗时，他再次被启用，先后任翰林学士、侍读学士等。晚年苏轼又被贬谪，宋徽宗时候被赦免，但是却在北还途中病逝。

苏轼屡遭贬谪的经历，为他提供了源源不断的创作源泉，促使苏轼在文坛取得了显著的成绩，成了北宋文坛的领袖人物。苏轼在散文、诗、词的创作上都有着极高的造诣，是宋代文学成就最高的人。

苏轼对于词的贡献尤为巨大，首先是在理论上破除了诗尊词卑的观念，自晚唐以来，文人大都认为"词为艳科""诗尊词卑"，但苏轼却认为诗词同源，二者只是形式上不同，它们的艺术本质和表现功能应是一致的。其次，苏轼开始扩大词的题材范围，使词的内容不再局限于表现女性的柔情或者爱情题材，词的风格也开始追求壮美和宏大，并且可以在词中抒发自己的真实情感。

苏轼还创立了豪放词派，是豪放派词人的代表人物，与辛弃疾并称"苏辛"。苏轼被贬为黄州团练副使后，心情跌落到了低谷，为了让自己心情好一点，他时常到黄州城外的赤壁山游览，还写下了千古名篇《念奴娇·赤壁怀古》，来表达自己怀才不遇、壮志未酬的愤懑之情。

此外，他的《水调歌头·明月几时有》《江城子·密州出猎》《定风波·莫听穿林打叶声》等，都是豪放词中的代表作品。

苏轼的文学成就斐然，与韩愈、柳宗元、欧阳修等人并列唐宋八大家，他不仅擅写诗词，还擅长书法和绘画，与黄庭坚、米芾、蔡襄合称为"宋四家"。苏轼是我国古代文学史上闪耀的一颗星星。

【知识延伸】

苏轼与东坡肉

苏轼除了在文学上有成就，对于美食也颇有研究，大名鼎鼎的"东坡肉"便是苏轼发明的。

苏轼被贬黄州时，发现当地的猪肉非常便宜，但是富贵人家不屑于吃，平民百姓又不会做，于是他便将猪肉切成小方块，放上各种调料炖煮至红酥，做成了"东坡肉"这道美食。自此，这种猪肉的做法便传开了，因为苏轼号东坡居士，所以他做的这道美食就被称作"东坡肉"。

苏轼还专门为这道菜填了首词《猪肉颂》，词中写："净洗铛，少著水，柴头罨烟焰不起。待他自熟莫催他，火候足时他自美。黄州好猪肉，价贱如泥土。贵者不肯吃，贫者不解煮，早晨起来打两碗，饱得自家君莫管"。这首词读起来极富烟火气。

第三节　李清照

【典籍溯源】

> 易安名清照，元祐名人李格非之女。诗之典赡，无愧于古之
> 作者；词尤婉丽，往往出人意表，近未见其比。
>
> ——朱彧《萍洲可谈》

《萍洲可谈》为宋代朱彧编写的一本笔记体著作，书中主要记述了他的父亲朱服的见闻，记录了宋代相关典章制度、风土民俗以及海上交通贸易等内容，全书共有三卷。

朱彧在书中对宋代词人李清照做出了极高的评价。李清照是北宋文学家李格非之女，在诗词上都卓有成就，做诗文辞典雅富丽，与前代诗人相比毫不逊色，写词清新婉丽，别具一格。

【曲词文化】

李清照（1084—1155），号易安居士，济南人，宋代女词人，婉约词派代表，有"千古第一才女"之称。

李清照出身于书香门第，家中藏书丰富，受良好的家风和文学氛围的熏陶，她从小就喜好文学。随着李清照日益长大，她的文学才能渐渐显露出来，《如梦令·昨夜雨疏风骤》正是她早期的作品。这首词作于宋哲宗元符三年（1100年）前后，也就是李清照十六岁左右。这首词借宿醉酒醒后侍女询问花事细节，来表达李清照怜花惜花的情感。从"试问卷帘人，

却道海棠依旧。知否，知否？应是绿肥红瘦"一句，我们便可以看出这首小令在遣词造句上极为精妙，自然灵动，少女李清照的才情便已经显露无遗。

在李清照十八岁时，与父亲李格非的同僚赵挺之的儿子赵明诚相识相爱，后嫁给赵明诚为妻，自此开始了琴瑟和鸣的幸福生活。

可是好景不长，宋徽宗崇宁元年（1102年），受朝廷新旧党争的影响，李格非被列入旧党，不允许在京城任职，李清照与赵明诚这对新婚不久的小夫妻被迫分隔两地。

这一时期，李清照写下了许多相思之词，主要是用来表达孤独之感，抒发对丈夫的思念之情。比如《一剪梅·红藕香残玉簟秋》中写"一种相思，两处闲愁。此情无计可消除，才下眉头，却上心头"，《醉花阴·薄雾浓云愁永昼》中写"莫道不销魂，帘卷西风，人比黄花瘦"。这些词作中蕴含着一个妻子对丈夫深沉、细腻的相思之情，阅读时就能从中感受到词人的孤独与想念。

宋徽宗崇宁五年（1106年）二月，持续多年的新旧党争终于落幕，皇帝大赦天下，李清照终于与丈夫团聚。可是没过多久，赵家又卷入到政治斗争中，被蔡京构陷，赵家在汴京再无立足之地，李清照只能跟随丈夫回到赵家原籍青州，开始了屏居乡里的生活。

如果此后没有北宋的亡国之变，李清照和赵明诚应该会平静安逸地度过余生。可是在李清照四十四岁那一年，北宋的国都被铁骑踏破，金兵南下，李清照只能带着和丈夫搜集来的书画金石珍品，逃往南方，开始了颠沛流离的生活。后来，李清照又经历了丈夫去世、再嫁离婚、身陷囹圄等挫折，她的晚年可以说是极为悲惨凄凉的。

李清照的词风自南下后发生了翻天覆地的变化，由原来的清丽明快变得凄凉低沉，内容主要写伤时念旧和怀乡悼亡之感。比如《菩萨蛮》中写"故乡何处是，忘了除非醉"，流露出对北方故乡的思念；再如《声声慢》中"寻寻觅觅，冷冷清清，凄凄惨惨戚戚"；又如《清平乐》中"今年海角天涯，萧萧两鬓生华"，写自己孤独生活中的哀愁。李清照晚期的词都是在国破家亡、孤独凄苦的悲惨生活现实中写就的，是对当时社会现实和个人命运的高度概括。

李清照作为我国文学史上少数卓有成就的女词人，为后世留下了许多精彩的诗词，后人对其词作评价很高，明代杨慎在《词品》中便评价李清照"宋人中填词，李易安亦称冠绝"。

【知识延伸】

北宋的新旧党争

北宋新旧党争是发生在宋神宗熙宁二年（1069年）的政治斗争。宋神宗支持王安石进行变法，实行新政，破除弊政。在当时的朝廷中出现了两股势力，支持新政的属于新党，例如王安石、吕惠卿、曾布等人；反对新政的属于旧党，例如苏轼、欧阳修、司马光等人。

新旧两党常常交替执政，两党之争前后持续了五十余年。宋哲宗元祐元年（1086年），新旧党争日益白热化，已经演变成了排除异己之争。此时新党（元丰党人）失势，旧党（元祐党人）得势，新旧党争一直持续到了北宋灭亡前夕，才宣告结束。

第四节　辛弃疾

【典籍溯源】

> 自辛稼轩前，用一语如此者，必且掩口。及稼轩，横竖烂漫，乃如禅宗棒喝，头头皆是；又如悲笳万鼓，平生不平事并厄酒，但觉宾主酣畅，谈不暇顾。词至此亦足矣。
>
> ——刘辰翁《辛稼轩词序》

《辛稼轩词序》是由南宋刘辰翁所撰写的一部重要的词论，书中主要对苏轼、辛弃疾等豪放派词人的词风进行了研究，对豪放派的理论进行了总结，对辛词的推广以及后世词的创作具有一定的积极作用。

刘辰翁在《辛稼轩词序》中对辛弃疾极为认可，认为辛弃疾是继苏轼之后豪放派的又一个代表人物，他的词风在继承了苏轼"如诗如文"的基础上，又加入了"用经用史，率雅颂入郑卫"的新变化。

【曲词文化】

辛弃疾（1140—1207），原字坦夫，后改字幼安，中年后别号稼轩，山东东路济南府历城县（今山东省济南市历城区）人。南宋爱国将领、文学家，豪放派词人，有"词中之龙"之称。

辛弃疾出生在山东济南，他出生之时，山东已经被金人所占领，他的祖父辛赞受族众所累，并没有选择跟随南宋朝廷举家南迁，而是选择了入仕金国。但是，辛赞是典型的"身在金营心在南宋"，虽然表面上是在为金国卖命，实则暗中收集各种情报，一直在寻找机会揭竿而起，与金人决一死战。辛弃疾受祖父的教诲和影响，从小就立下了收复中原的理想。

辛弃疾青年时期，南宋朝廷选择偏安一隅，盲目求和，但是在金人占领区域的汉人却没有放弃反抗，抗金起义活动时有发生。辛弃疾曾参与北方的起义，因擒杀叛徒有功，回归南宋。

由于辛弃疾在起义中的英勇表现，宋高宗对他极为赏识，授予他江阴签判的官职。辛弃疾怀揣着一腔热血想要收复失地，但现实却是残酷的，因为他是从金国投奔南宋的，又因他是武将，主张通过武力收复北方失地，与朝廷主和派意见不同，所以南宋朝廷对他并不信任。此后，他做一些转运使、安抚使一类的闲散官职。在频繁地弹劾和调任之中，辛弃疾满腔的北伐热情被浇灭，最终选择了罢官退隐。

隐居期间，辛弃疾笔耕不辍，写下了许多歌咏山水的词作，例如《沁园春·代湖新居将成》《清平乐·村居》等，这些作品大多以描写农村景物和农民生活为主，写出了词人想要与世相忘的豁达情怀。

辛弃疾词中写的最多的还是国家、民族等现实题材，他一直心怀收复国土的信念，但却不受重视和重用，于是只能将不受重用的愤慨和慷慨激昂的爱国之情写进词中。

辛弃疾笔下有数不清的爱国词作，例如《水龙吟·甲辰岁寿韩南涧尚书》《水调歌头·寿赵漕介庵》《满江红·建康史帅致道席上赋》等，都表达了他收复失地的豪情壮志；《贺新郎·用前韵送杜叔高》《菩萨蛮·书江西造口壁》《破阵子·为陈同甫赋壮词以寄之》等，表达了他对北方地区的怀念和对抗金斗争的赞扬；《摸鱼儿·更能消几番风雨》《贺新郎·同父见和再用韵答之》《鹧鸪天·壮岁旌旗拥万夫》《永遇乐·京口北固亭怀古》等，表达了他对南宋朝廷屈辱苟安的不满和壮志难酬的忧愤。

辛弃疾武能上马杀敌，文能落笔成章，现存词六百多首。辛词的题材非常广泛，涉及政治、哲理、朋友之情、恋人之情、田园风光、民俗人情以及日常生活等，目光所及之处，皆能成为辛弃疾笔下的词。

【知识延伸】

五万金兵中擒叛贼

　　辛弃疾曾参与耿京组织的抗金起义活动。宋高宗绍兴三十二年（1162年），耿京带领的起义军被金军前后夹击，无奈只能命贾瑞和辛弃疾率兵南下，寻求与南宋朝廷的合作，共同抗金。

　　宋高宗嘉奖他们的忠义行为，并且给起义军首领授予了官职。然而就在辛弃疾回去复命的途中，听闻将领张安国被金国收买，杀害了首领耿京，背叛了起义军。辛弃疾在得知消息后极为愤怒，带上五十多人袭击五万金军的大营，将张安国擒拿，押回了南宋，斩首示众。辛弃疾也一战成名，得到了宋高宗的赏识。

第五节　纳兰性德

【典籍溯源】

> 　　纳兰容若以自然之眼观物，以自然之舌言情。此由初入中原，未染汉人风气，故能真切如此。北宋以来，一人而已。
>
> 　　　　　　　　　　　　　　　——王国维《人间词话》

王国维在《人间词话》中评价清代著名词人纳兰性德"以自然之眼观物，以自然之舌言情"，纳兰性德的词就是以"自然真实"取胜，写景极为逼真传神，表达情感亦真切自然。王国维甚至称赞纳兰性德的词，北宋以来都没有人可以达到这样的境界。

【曲词文化】

纳兰性德（1655—1685），字容若，清朝初年著名词人，也被后人称为纳兰容若。他出身于满洲正黄旗，大学士纳兰明珠的长子，其母为英亲王阿济格第五女爱新觉罗氏。

从纳兰性德的家世来看，他是位名副其实的"贵公子"，但是他身上却没有一丝富家子弟的坏毛病。从小饱读诗书、才华横溢的他，是一位才学出众的翩翩公子。

与历史上大多数词人相比，纳兰性德的仕途十分顺利，他十七岁入国子监，十八岁中举人，十九岁成为贡士，二十二岁时考中进士。康熙皇帝对他极为欣赏，授予他三等侍卫的官职，后来又擢升为一等侍卫，他还多次随康熙皇帝出巡。

　　由于仕途顺风顺水，所以纳兰性德没有抒发壮志难酬的词，他的作品大多写爱情友谊、山水城市风光、咏物咏史等内容。在跟随皇帝巡游期间，纳兰性德观赏沿途的风光和历史，创作了许多著名的词作。比如《长相思·山一程》中："山一程，水一程，身向榆关那畔行，夜深千帐灯。风一更，雪一更，聒碎乡心梦不成，故园无此声"，这首词写于纳兰性德跟随康熙皇帝出关东巡之时，他跟随着浩浩荡荡的军队向边关跋涉，塞外风雪交加，如此苦寒的天气，不禁勾起了他对家乡的思念。

　　最值得一提的是纳兰性德的爱情词，每一首都是凄婉至极，使人读来不禁落泪。纳兰性德是一位长情之人，与他的夫人卢氏琴瑟和鸣，真心相爱。但是这样美好的日子却只持续了三年，卢氏因难产香消玉殒，永失所爱的人生经历，让纳兰性德的悼亡词无人能及。

　　在卢氏去世后，纳兰性德作了很多首词来悼念她，他在《青衫湿·悼亡》中写"近来无限伤心事，谁与话长更"。在妻子生辰时，写下了一首《于中好》，词中言："几回偷拭青衫泪，忽傍犀奁见翠翘"；为妻子画肖像却"凭仗丹青重省识，盈盈，一片伤心画不成"（《南乡子·为亡妇题照》），字里行间都是对妻子的绵绵爱意和无尽思念。

　　然而天妒英才，这位充满才华的词人，也英年早逝。康熙二十四年（1685年）暮春时节，在与好友相聚后，纳兰性德一病不起，几日后便离开了人世，年仅三十岁。

　　纳兰性德虽然只活了短短三十年，却为后世留下了三百四十八首词作，这些作品均收录在了《纳兰词》中，他也因此被后人誉为清代"国初第一词手"，由此可见他在词作方面的成就斐然。

【知识延伸】

《木兰花·拟古决绝词柬友》赏析

这首《木兰花·拟古决绝词柬友》是纳兰性德模仿古乐府的一阕决绝词。很多人经常将这首词当作爱情诗来读，但是从题目中的"柬友"来看，其实这是纳兰性德写给一位友人的，据考这位友人是当时的诗词大家顾贞观。

木兰花·拟古决绝词柬友

人生若只如初见，何事秋风悲画扇。

等闲变却故人心，却道故人心易变。

骊山语罢清宵半，泪雨霖铃终不怨。

何如薄幸锦衣郎，比翼连枝当日愿。

纳兰性德在词中通过"秋扇""雨霖铃""比翼连枝"等意象，营造一种凄苦的意境，又借班婕妤被汉成帝抛弃以及唐明皇和杨贵妃的爱情悲剧，来写女子被男子抛弃的哀怨之情。这首词是写给友人的，但是全篇却又在诉说男女情爱之事，所以这首词可能是在劝慰友人不要在感情问题上过于执拗。

第四章　词中的典故

第一节　一叶惊秋

【典籍溯源】

　　见一叶落，而知岁之将暮；睹瓶中之冰，而知天下之寒；以近论远。

　　　　　　　　　　　　　　　　　　　——刘安《淮南子》

　　《淮南子》是由西汉淮南王刘安同他的门客一起编写的一部哲学著作，又名《淮安洪烈》或者《刘安子》。《淮安子》一书中有内篇二十一篇，中篇八篇，外篇三十三篇，其以道家思想为基础，并杂糅了其他诸子学说中的精华部分，这本书对于后世研究秦汉文化有着重要的意义。

　　一叶惊秋的典故正是出自这本书中，书中说："见一叶落，而知岁之将暮"，从一片树叶的枯落，就知晓即将走到年岁的尽头。唐朝人据此写出了"一叶落知天下秋"的诗句。宋代强幼安在《唐子西文录》记述："唐人有诗曰：'山僧不解数甲子，一叶落知天下秋'"，"一叶知秋"后来也被称为"一叶惊秋"。

【曲词文化】

《竹马子·登孤垒荒凉》为婉约派词人柳永的代表作品，这首词是柳永晚年羁旅他乡的愁苦之作。

竹马子·登孤垒荒凉

登孤垒荒凉，危亭旷望，静临烟渚。对雌霓挂雨，雄风拂槛，微收烦暑。渐觉一叶惊秋，残蝉噪晚，素商时序。览景想前欢，指神京、非雾非烟深处。

向此成追感，新愁易积，故人难聚。凭高尽日凝伫。赢得消魂无语。极目霁霭霏微，暝鸦零乱，萧索江城暮。南楼画角，又送残阳去。

《竹马子·登孤垒荒凉》分为上下两阕，上阕写景，下阕抒情。柳永登高远望，秋雨一直淅淅沥沥地下着，阵阵袭来的凉风，驱散了夏日的炎热，一片落叶缓缓飘下，代表着秋天的脚步渐近，秋蝉哀鸣的声音回荡在耳畔，更显秋之悲凉。作者在词的上阕通过细致的景色描写，塑造了一幅凄凉的秋景图。

词的下阕从写景自然而然地过渡到抒情，柳永面对这样悲凉的景色，不由得伤感起来，感叹自己愁怀难遣，朋友难聚。他借用霁霭、暝鸦、角声、残阳等萧索的意象，来表达自己羁旅他乡、孤苦无依的悲伤之感。柳永词中所传达出的悲情与当时的悲秋可以说是相得益彰，让人不得不感叹词人借景言情的深厚功力。

通过这首词，人们完全可以感受到柳永作为婉约派代表词人的那种婉转含蓄，而他的词作大都具有层层铺叙、措辞文雅、善用典故的特点。

本词"渐觉一叶惊秋，残蝉噪晚，素商时序"一句中使用了"一叶惊秋"这一典故来写初秋的景色，它出自《淮南子》一书，唐代大诗人杜牧也曾写"风吹一片叶，万物已惊秋"，后代文人多用这一词语来咏叹秋季的到来，也可作"一叶知秋""一叶鸣秋"。

除了柳永的《竹马子·登孤垒荒凉》外，其他词中都曾化用过这个典故，例如辛弃疾在《满庭芳·和昌父》中曾写"西崦斜阳，东江流水，物华不为人留。铮然一叶，天下已知秋"，用"一叶知秋"来点明节令，慨叹时光易逝。再如贺铸在《浪淘沙》中写"一叶忽惊秋。分付东流，殷勤为过白苹洲"，这里同样用"一叶惊秋"来点明此时的时令为初秋。

【知识延伸】

赏析《临江仙引·渡口》

我们一起来赏析柳永的另一首通过写秋景来言情的词，名为《临江仙引·渡口》。

临江仙引·渡口

渡口、向晚，乘瘦马、陟平冈。西郊又送秋光。对暮山横翠，衬残叶飘黄。凭高念远，素景楚天，无处不凄凉。

香闺别来无信息，云愁雨恨难忘。指帝城归路，但烟水茫茫。凝情望断泪眼，尽日独立斜阳。

柳永在经历了多次科举失败后，终于在宋仁宗景祐元年（1034）高中进士。他入仕之后，长期在地方担任一些小官，终究还是不得志，这首词便是写于他入仕之后。

词的上阕写景，柳永登高怀远，以夕阳、瘦马、暮山、残叶等意象，渲染出了一幅悲凉的秋景图；下阕抒情，其中既有旅途之中的相思之情，亦有独自漂泊的孤独之感。

第二节　千金求赋

【典籍溯源】

> "春且住"二句，是留春之辞。结句即义山"夕阳无限好，
> 只是近黄昏"之意。"斜阳"以喻君也。

——许昂霄《词综偶评》

《词综偶评》是清代许昂霄撰写的一部词话著作，共有一卷。本书主要是许昂霄对朱彝尊撰写的《词综》一书的点评，故名《词综偶评》。

许昂霄在《词综偶评》一书中认为辛弃疾的《摸鱼儿·更能消几番风雨》一词中"春且住，见说道、天涯芳草无归路"一句是对春天逝去的惋惜，尾句"休去倚危栏，斜阳正在，烟柳断肠处"与李商隐的"夕阳无限好，只是近黄昏"同义，抒发了词人壮志难酬的愤慨。

【曲词文化】

《摸鱼儿·更能消几番风雨》是南宋豪放派词人辛弃疾的作品，这首词写于辛弃疾四十岁那一年。辛弃疾的仕途极为坎坷，他一生志在建功立业，上阵杀敌，但因不被南宋朝廷的信任和重用，一直频繁地处于闲散官职的调任之中。

据统计，辛弃疾一生被调任了四十次。宋孝宗淳熙六年（1179年），辛弃疾由湖北转运副使调任湖南转运副使，临行之前，同僚王正之为他饯行，他一时感慨万千，写下了这首词。

摸鱼儿·更能消几番风雨

淳熙己亥，自湖北漕移湖南，同官王正之置酒小山亭，为赋。

更能消、几番风雨，匆匆春又归去。惜春长怕花开早，何况落红无数。春且住，见说道、天涯芳草无归路。怨春不语。算只有殷勤，画檐蛛网，尽日惹飞絮。

长门事，准拟佳期又误。蛾眉曾有人妒。千金纵买相如赋，脉脉此情谁诉？君莫舞，君不见、玉环飞燕皆尘土！闲愁最苦！休去倚危栏，斜阳正在，烟柳断肠处。

作者先交代了写作这篇词的缘由，上阕写春意阑珊，通过描写暮春景色来表达自己惜春的心情；下阕则借美人迟暮来写自己政治上的失意，是一篇借景言情的佳作。

词中"千金纵买相如赋，脉脉此情谁诉？"一句中使用了"千金求赋"的典故。千金求赋的典故与汉代辞赋名家司马相如有关，《文选》卷一中有相关记载："孝武皇帝陈皇后，时得幸，颇妒，别在长门宫，愁闷悲思。闻蜀郡成都司马相如天下工为文，奉黄金百斤，为相如、文君取酒，因于解悲愁之辞。而相如文以悟主上，陈皇后复得亲幸。"

陈皇后本名陈阿娇，著名的"金屋藏娇"的典故与她有关。陈阿娇本是汉武帝刘彻的皇后。但由于陈阿娇一直未能为汉武帝诞下子嗣，渐渐失去了宠爱。她出于对其他受宠嫔妃的嫉妒，于是便暗中使用巫蛊之术诅咒他人。汉武帝发现后，便废除了陈阿娇的后位，并将其禁足于长门宫中。

陈阿娇心有不甘，想要改变这种局面，她听闻蜀郡司马相如的赋作写得特别好，而且深受汉武帝的赏识，于是她便投夫君所好，命人为司马相如和卓文君送上了一百斤黄金，想求得一篇司马相如的赋作，借花献佛，以求获得汉武帝的原谅。

司马相如挥毫落墨，写下了《长门赋》，在赋中将陈阿娇早年与汉武帝的举案齐眉和现在她幽居长门宫的闺怨都写进了这篇作品中，汉武帝读了这篇赋后，十分感动。后来，人们就多用"千金求赋"这一典故来比喻美无人赏、有才无人任用的境遇。

辛弃疾在这首词中使用这一典故正是想要表达自己怀才不遇的情感。但是这首词中又不仅仅在抒发辛弃疾本人在政治上的失意，更有着对国家前途命运的忧虑和对南宋统治者的不满。

【知识延伸】

金屋藏娇

金屋藏娇这一典故出自东汉文学家班固的《汉武故事》。汉景帝的姐姐馆陶公主生了一个女儿，名叫陈阿娇，长得极其可爱、漂亮，深受亲友喜爱。有一次，刘彻来到馆陶公主家中玩，馆陶很喜欢这个小侄子，想把阿娇许配给他，刘彻也很喜欢阿娇，于是就对馆陶公主说："如果能娶到阿娇做媳妇，我就造最好看的房子给她住。"后来，汉景帝给这两个孩子定了亲。

后来，刘彻即位，是为汉武帝，册封陈阿娇为皇后，还为她建造了一座富丽堂皇的宫殿，这就是所谓的"金屋藏娇"。这一成语原意是指汉武帝刘彻儿时喜欢陈阿娇，并建金屋给她居住一事，后来人们多以"金屋藏娇"来形容娶妻或者纳妾了。

第三节　马革裹尸

【典籍溯源】

气魄之大，突过东坡，古今更无敌手。其下笔时，早已目无馀子矣。龙吟虎啸。

——陈廷焯《词则》

《词则》是由清朝末年文学家陈廷焯编写的一部著作，共四集二十四卷，其中包括《大雅集》《闲情集》《放歌集》《别调集》各六卷，共收录了唐、五代、宋、金、元、明、清各朝代的词作二千三百六十首。

陈廷焯在《词则·放歌集》中对辛弃疾的词评价甚高，他认为《满江红·汉水车流》所展现出的气魄，是古今任何一首词都比不上的。这首词是辛弃疾为友人军中升迁前去任职所作的一首送别词，虽然辛弃疾此时刚刚遭贬，但是全篇却并无悲伤、艳羡之情，而是衷心希望友人可以建功立业、抗击金兵、收复失地。

【曲词文化】

《满江红·汉水东流》为南宋词人辛弃疾的一首词，这是写给升官友人的一首送别词。淳熙四年（1177年），辛弃疾再遭调任，由京西路转运判官改任江陵知府兼湖北安抚使。而同年，他的一位李姓好友却被擢升，要到汉中去任军职。军职是辛弃疾一直梦寐以求的官职，他的心中自然是有落差的，但是好友升迁是一件值得开心的事情，所以在这首送别词中，并无哀婉伤感之情，通篇都在表达对友人的赞扬和鼓励。

满江红·汉水东流

汉水东流，都洗尽，髭胡膏血。人尽说、君家飞将，旧时英烈。破敌金城雷过耳，谈兵玉帐冰生颊。想王郎、结发赋从戎，传遗业。

腰间剑，聊弹铗。尊中酒，堪为别。况故人新拥，汉坛旌节。马革裹尸当自誓，蛾眉伐性休重说。但从今、记取楚楼风，裴台月。

词的上阕引用了西汉名将李广的典故，词中的"飞将"指的就是李广，根据词中所写的"君家飞将"来看，辛弃疾的这位好友应是李广的后人。辛弃疾希望友人可以像他的先祖李广一样，建功立业，击败金兵，收复河山。

词的下阕则写了辛弃疾对于友人的赞扬与劝谏，他相信好友定能像当年的韩信一样，在军中大展宏图，并告诫友人不应贪图享乐和贪恋女色，几乎句句用典，其中"马革裹尸当自誓，蛾眉伐性休重说"一句就化用了"马革裹尸"的成语典故。这一典故出自南朝范晔的《后汉书·马援传》，马援为东汉光武帝时期的大将，征战沙场，骁勇善战，为东汉王朝立下了赫赫战功。

有一次，马援打了胜仗班师回朝，老友孟翼便夸奖了他几句，说他此次在沙场上立了大功，高官厚禄、封妻荫子这些奖赏都不会少，余生就可以享清福了。谁知马援听了之后，很不高兴，他认为好男儿应该战死在沙场上，用马的皮革裹着尸体回来安葬，这才是值得骄傲的事情，而不是余生都在府邸中安稳度日，最后在自己的床榻上死去。

正是基于这样的理想抱负，马援一生都在沙场上征战，在他六十二岁那一年，甚至还主动向光武帝请求出征，去平定叛乱。但在第二年，他就因长期辛劳，患病去世了，这也算实现了他年轻时"马革裹尸"的豪言壮志。后来，人们就常用"马革裹尸"这一成语来形容英勇作战，效命沙场。

辛弃疾在《满江红·汉水东流》中引用"马革裹尸"这一典故，就是希望友人可以如同马援一样，将马革裹尸当作自己的誓言。陆游在《谢周枢使启》中也曾使用过这一典故，文中写："志士弗忘在沟壑，固当坚马革裹尸之心；薄福难与成功名，第恐有猿臂不侯之相"，来表达自己渴望为国捐躯的决心。

【知识延伸】

词牌：满江红

满江红为词牌名，也称为"上江虹""念良游""伤春曲"。这个词牌名的来源有多种说法，一是说用来咏水草，即满江红是一种水生植物；二是用于咏江景，取自白居易《忆江南》中"日出江花红胜火"一句；三是咏曲名，根据清人毛先舒《填词名解》中记载，志怪小说《冥音录》中有曲名"上江虹"，后改"上""虹"二字为"满江红"。

使用《满江红》词牌名的作品，除辛弃疾的这首《满江红·汉水东流》外，还有岳飞的《满江红·怒发冲冠》，以及柳永的《满江红·暮雨初收》等。

第四节　王粲登楼

【典籍溯源】

　　王粲山阳高平人……时董卓作乱，仲宣避难荆州，依刘表，遂登江陵城楼，因怀归而有此作，述其进退危惧之状。

——陈寿《三国志·魏志》

　　《三国志》为二十四史之一，是西晋史学家陈寿所著的一本史学著作，共有六十五卷，其中包括《魏书》三十卷，《蜀书》十五卷以及《吴书》二十卷。

　　陈寿在《三国志》中交代了王粲创作《登楼赋》的缘由，王粲因汉末董卓之乱背井离乡，到荆州投奔皇亲刘表，但却不受重用。一天他登上了江陵城楼，登高怀乡，遂作《登楼赋》。王粲登楼这一典故正是出自《三国志》。

【曲词文化】

　　《水调歌头·徐州中秋》是苏辙的一首词，苏辙是苏轼的弟弟，两兄弟的感情一直极为深厚，宋神宗熙宁十年（1077年）四月，苏轼因反对王安石新政被调离京都，前往徐州赴任，苏辙正巧也要赴地方任职，所以与其同行。

　　二人至徐州后，一起泛舟赏月，共度中秋，此时距离兄弟俩上次见面已经过去了七年。可相聚总是短暂的，中秋过后，苏辙就要赴南都（今河南淮阳）任职，久别重逢后的兄弟二人再次分别，这首词就写于二人分别之时。

水调歌头·徐州中秋

离别一何久，七度过中秋。去年东武今夕，明月不胜愁。岂意彭城山下，同泛清河古汴，船上载凉州。鼓吹助清赏，鸿雁起汀洲。

坐中客，翠羽帔，紫绮裘。素娥无赖，西去曾不为人留。今夜清尊对客，明夜孤帆水驿，依旧照离忧。但恐同王粲，相对永登楼。

这首词的大意为我与哥哥已经分别太久，已经有七年没有在一起过中秋了。今年在这中秋佳节终于团圆在一起，可是明日我又要乘船独自离去，下次相见，不知又到何时，也许日后只能像王粲那般，登楼相望，怀念胞兄了吧!

词中"但恐同王粲，相对永登楼"一句中使用了"王粲登楼"这一典故。王粲投奔刘表后，不受刘表信任和重用，在政治上极为失意，登楼之时百感交集，于是写下《登楼赋》，来抒发自己抑郁不得志以及怀念故土的心情。此后，人们便多以"王粲登楼"来表达怀念故国家乡之情。

苏辙在这里化用"王粲登楼"的典故虽不是表达怀念故乡，但却是要表达对于亲人的思念。这首词抒发了词人与兄长再次分别的不舍之情，词中蕴含了作者浓浓的思亲愁绪。

除苏辙在词中引用了这一典故外，还有不少文人在诗词中使用这一典故，例如唐代诗人刘禹锡在《望赋附宫人忆月之歌》中写"张衡侧身愁思久，王粲登楼日回首"，宋代周密在《一萼红·登蓬莱阁有感》中写"故园山川，故国心眼，还似王粲登楼"，明代陈所闻在《一枝花·送马元赤之蜀》中写"多应他陈蕃一榻，肯教你王粲登楼"。元曲四大家之一郑光祖还根据这个典故，创作了《醉思乡王粲登楼》的元杂剧。

【知识延伸】

《水调歌头·明月几时有》

水调歌头·明月几时有

丙辰中秋，欢饮达旦，大醉，作此篇，兼怀子由。

明月几时有？把酒问青天。不知天上宫阙，今夕是何年。
我欲乘风归去，又恐琼楼玉宇，高处不胜寒。起舞弄清影，何似
在人间。

转朱阁，低绮户，照无眠。不应有恨，何事长向别时圆？
人有悲欢离合，月有阴晴圆缺，此事古难全。但愿人长久，千里
共婵娟。

苏辙因不舍兄长作《水调歌头·徐州中秋》，苏轼亦因思念胞弟而
作《水调歌头·明月几时有》。《水调歌头·明月几时有》作于宋神宗熙
宁九年（1076年）的中秋佳节，词前小序中写"丙辰中秋，欢饮达旦，大
醉，作此篇，兼怀子由"，交代了苏轼写作这篇词的目的。

此时的苏轼在密州任太守，和弟弟苏辙已经七年未见，在中秋月圆
之夜，苏轼借有思念之意的明月起兴，表达了对弟弟的深切思念和美好祝
愿。这首词中除表达对胞弟的深切思念外，也表达了苏轼虽遭贬黜，但依
旧乐观旷达的良好心态。

第五节　文章山斗

【典籍溯源】

　　　　苏以诗为词，辛以论为词，正见词中世界不小，昔人奈何讥之。正宗易安第一，旁宗幼安第一。二安之外无首席矣。

　　　　　　　　　　　　　　——卓人月、徐士俊《古今词统》

　　《古今词统》是由明代卓人月和徐士俊合编的一本词集，共有十卷，全书共收录了唐代至明代一千八百余首词，包含词人三百余人。明代词的发展日益衰微，卓人月编写词集的目的正是为了振兴词学，他在书中主张"以正统予宋"，提倡明代词人应效法宋词创作。

　　卓人月认为宋代豪放派词人辛弃疾在创作时多以议论为词，词中所能表达的内容更为丰富。《水龙吟·甲辰岁寿韩南涧尚书》正是辛弃疾以议论为词的代表作。

【曲词文化】

　　《水龙吟·甲辰岁寿韩南涧尚书》是辛弃疾写给韩元吉的一首祝寿词。宋孝宗淳熙八年（1181年），辛弃疾遭到弹劾，于是便在上饶信州退隐。曾经担任过吏部尚书的韩元吉与辛弃疾为邻，由于二人都有着抗金报国的远大志向，所以私交甚好。三年后，正逢韩元吉六十七岁大寿，辛弃疾便写下了这篇词，为好友庆祝寿辰。

水龙吟·甲辰岁寿韩南涧尚书

渡江天马南来，几人真是经纶手。长安父老，新亭风景，可怜依旧。夷甫诸人，神州沉陆，几曾回首。算平戎万里，功名本是，真儒事、君知否。

况有文章山斗。对桐阴、满庭清昼。当年堕地，而今试看，风云奔走。绿野风烟，平泉草木，东山歌酒。待他年，整顿乾坤事了，为先生寿。

辛弃疾在词的上阕先表达了对于南宋朝廷的失望，自宋高宗南渡之后，面对金人的入侵，步步退让，偏安一隅。中原沦陷区的百姓日日期盼朝廷北伐，渴望回归故土。朝中的一些士大夫虽然也慨叹山河破碎，但是却不愿付出实际行动，从未把收复失地、统一国家放在心上。

辛弃疾有建功立业和收复失地的雄心，却不得南宋朝廷的重用，他是何等的心酸与无奈，所以他在词的上阕对好友说，读书人真正的事业，是应该横枪立马将金人赶出中原，报效祖国，留名青史，希望好友无论年岁几何，都不要忘记自己的理想与抱负。

由于这首词为一篇寿词，其中必然少不了寒暄祝寿之词，所以辛弃疾在词的下阕称颂了韩元吉的文学才能和光荣家世。辛弃疾在词中称赞韩元吉家世显赫，认为其文章可以与韩愈比肩，如果他能受朝廷重用，必然可以在政治上大显身手。接着，辛弃疾又使用了裴度、李德裕以及谢安三位名相寄情山水的典故来咏叹韩元吉寓居上饶的志趣，同时也希望他有朝一日可以再次出山，重整社稷，完成收复失地、统一祖国的大业。在词的末尾，辛弃疾既表达了对于韩元吉的期望，也表达了对于自己的期望。

词中"况有文章山斗"一句借用了"文章山斗"的典故。"文章山斗"一词出自《新唐书·韩愈传》，书中言："自愈没，其言大行，学者仰之如泰山北斗云"，韩愈的文章之于后世文人而言，是如泰山北斗一般的存在。于是，后来便有了"文章山斗"一词，用来指文章写得好。辛弃疾在这里使用"文章山斗"一词就是称颂韩元吉文采斐然，写得一手好文章。

【知识延伸】

韩元吉

韩元吉，字无咎，号南涧，南宋词人，他出身于北宋时期的世家大族——颍川韩氏，由于颍川韩氏京师门前多种植桐木，所以又有"桐木韩氏"之称。

桐木韩氏究竟是一个怎样的存在呢？元代吴澄撰的《桐木韩氏族谱序》中记载："宋东都百六十余年间，氏族之大莫盛于韩、吕二家。而韩氏一族尤莫盛于桐木韩家。"可见韩氏为世家大族，怪不得辛弃疾会在词中如此盛赞韩元吉的家世。

韩元吉的词大多为歌咏山水、抒发情趣之作，著有《南涧甲乙稿》《南涧诗余》等词集，现存词八十余首。

韩元吉与辛弃疾的私交密切，在辛弃疾的词集《稼轩词》中共有五首写给韩元吉的寿词，还有五首写给韩元吉的唱和词。

第四篇

曲

第一章　中华戏曲的起源与发展

第一节　古典戏曲的萌芽

【典籍溯源】

　　昔葛天氏之乐，三人操牛尾，投足以歌八阕：一曰载民，二曰玄鸟，三曰遂草木，四曰奋五谷，五曰敬天常，六曰达帝功，七曰依地德，八曰总万物之极。

　　　　　　　　　　　　　——吕不韦《吕氏春秋·古乐》

　　《吕氏春秋》是由秦国相国吕不韦和其门客共同编写的一部杂家著作，成书于秦朝建立前夕。全书共分为十二纪、八览和六论，以"道家学说"为主要内容，兼有法家、儒家、墨家等诸子各家的学说，是一本极具文学价值的著作。

　　在《吕氏春秋·古乐》篇中，作者阐述了古典戏曲的萌芽，书中提到在远古时期，有一个名叫"葛天氏"的部落，每当遇到重大节日时，他们就会使用以牛尾制作成的工具，载歌载舞。我国古典戏曲就萌芽于这类庆祝活动。

【戏曲文化】

　　中国戏曲是由民间歌舞、说唱和滑稽戏三种艺术形式共同构成的，它是从原始歌舞中萌芽，历经汉、唐的发展，直到宋金时期才形成的较为完整的艺术形式。

我国古典戏曲脱胎于远古先民用于娱神、鼓舞、庆祝劳动生产的原始歌舞，《尚书·舜典》中提道"予击石拊石，百兽率舞"，这句话的意思是：我愿意敲击石磬，使扮演百兽的舞队随着音乐的旋转起舞。

《尚书·舜典》中提到的原始歌舞，虽然与戏曲相差甚远，但却可以视作早期戏曲的萌芽。进入奴隶社会后，歌舞逐渐成了王族与贵族用于享乐和加强皇权的一种工具。为了迎合贵族的喜好，以歌唱、舞蹈、滑稽戏表演为职业的艺人"巫"和"优"便出现了。

王国维先生曾在《宋元戏曲考》中提道："后世戏剧，当自巫、优二者出；而此二者，固未可以后世戏剧视之也。"古典戏曲萌芽于先秦时期的又一表现，就是巫、优这两种职业的出现。

"巫"这种职业产生于殷商时期，由于宗教迷信和鬼神权威观念的盛行，出现了以歌舞娱神的专职人员——巫。巫以歌舞作为职业，他们在一些祭祀活动中，或用歌舞模仿鬼神，或用歌舞表现鬼神，这种歌舞表演正是戏曲的源头。

"优"这一职业始于西周末年，根据不同职责，又可分为"俳优""伶优"等。其中，"伶优"又可称作"优伶"，他们是为帝王和贵族提供声色之娱的人，也被看作戏剧演员的前身。这些优伶通过以滑稽戏谑的方式模仿别人的言语，来达到为帝王贵族排忧解闷的目的。

《史记·滑稽列传》就记载了秦国伶优旃的故事。秦国有一伶优名叫旃，他机敏聪慧，却身材矮小。一日，秦始皇想要扩大苑囿，优旃趁机说道："想法真是不错，猎场扩大后，我们不仅可以在里头多养些禽兽，还可以养一些麋鹿。如果敌人来犯，我们就将这些麋鹿放出去以鹿角抵抗敌军！"秦始皇听了之后便大笑起来，扩大苑囿这件事也就此作罢。从这个故事中，我们不难看出先秦时代伶优的工作主要是取悦帝工的，一些伶优常常将劝谏之词融于戏谑隐喻的谈吐中，起到劝谏帝王的作用。

我国古典戏曲正是在先秦时期的歌舞表演中萌芽壮大的，而巫、优这两种职业，则可以视为中国最早的戏剧演员。

【知识延伸】

西周戏曲《大武》

《大武》的剧本是武王时期名臣周公旦根据当时真实的历史改编的，记述了武王伐纣的整个过程，表达了周公旦对于武王的崇敬与赞美。

周公旦将《大武》划分为六段，分别是战前准备、战争胜利、南方进军、取得胜利、商朝灭亡、表达对周天子的崇敬，再将这六个情景以击鼓、舞蹈、歌唱的形式演绎出来。这种带有表演成分的舞蹈，已经具有了戏曲的雏形。

第二节　古典戏曲的发展

【典籍溯源】

　　至咸淳，永嘉戏曲出，泼少年化之，而后淫哇盛，正音歇。

　　　　　　　　　　　　　　　　——刘壎《水云村稿》

　　《水云村稿》是元代刘壎撰写的一部文集，共有十五卷。"水云村"是刘壎所居之处的地名，因他自号"水村先生"，所以便他将这部文集命名为《水云村稿》。

　　刘壎在《水云村稿》中指出，在词风正盛的南宋时期，戏曲就已经悄然发展起来，永嘉戏曲的出现就是戏曲发展的一大标志。刘壎还说，当时戏曲发展在民间具有广泛的群众基础，但是文人士大夫阶层对它并不认可。

【戏曲文化】

　　秦始皇统一六国后，中央集权和君主专制逐渐产生，进而不断加强，社会趋于稳定。在社会安定的前提下，戏剧艺术也进入"萌芽阶段"，之后迎来了形成与发展期。

　　秦汉时期，民间已经存在百戏的表演艺术了。百戏又称角抵戏，是秦汉时期歌舞、魔术、武术、杂技的总称，《汉文帝纂要》中载："百戏起源于秦汉曼衍之戏，技后乃有高絙、吞刀、履火、寻橦等也。"其中，一些表演开始设置故事情节，表演者也有一些绝活儿表演，这种表演形式受到了人们的广泛追捧，在汉代一度出现了"三百里内皆来观"的盛大场面。

关于百戏表演，东汉文学家张衡在《二京赋》中也有记载，百戏中有"吐火""寻橦（即爬杆儿）""吞刀""扛鼎""走索"等绝活儿，值得一提的是演员在表演时并不是单纯地表演绝活儿，而是用一个故事将每个人的表演串联起来，再呈现给观众。

从《二京赋》中，我们可以看出百戏的出现为戏曲的发展奠定了基础，也促进了魏晋南北朝时期新戏曲的产生。

东汉末年，中国再次进入地方割据时期，从三国再到后来的两晋南北朝时期，接连不断的战争极大地破坏了社会经济。可是，这一时期的民族大融合，却也给戏曲注入了新鲜的血液，推动了一种新曲种"歌舞戏"的出现。

歌舞戏兴起于南朝末年，是一种有故事情节、角色扮演、载歌载舞等表演形式的戏种，主要的节目有《代面》《钵头》《踏摇娘》等。

《代面》又叫《大面》或是《兰陵王入阵曲》，表演的是北齐兰陵王的故事。兰陵王名叫高长恭，是北齐文襄王的第四子，他骁勇善战、聪慧果敢，但因长相太过俊俏，敌军在战场都不怕他。兰陵王为了震慑敌军，用木头雕了一块狰狞可怕的面具，每到打仗时，便戴上面具上阵杀敌，所到之处，战无不胜。齐人因此作《兰陵王入阵曲》，来模拟兰陵王上阵杀敌的姿态与动作，甚至还将兰陵王的故事搬上了舞台。

后来，隋文帝杨坚建立了隋朝，国家再次统一。但是，隋朝仅存二世，就被李渊所建立的唐朝取代。唐朝的社会稳定，经济繁荣，在这样的时代背景下，"参军戏"作为一种新的戏曲形式开始流行。

"参军戏"是一种讽刺类的戏曲，有参军和苍鹘两个角色，其中"苍鹘"是戏弄者，"参军"是被戏弄者，两个角色作滑稽对话和表演。有不少学者认为中国戏曲角色行当的划分，就是从"参军戏"开始的。

【知识延伸】

《钵头》与《踏摇娘》

　　《钵头》和《踏摇娘》是南朝末年兴起的歌舞戏。《钵头》又叫《拨头》，是由西域传入我国的一种民间歌舞戏，到了唐代，尤为盛行。《钵头》讲的是一个胡人的父亲被猛虎咬死后，他穿上丧服，上山寻尸，路遇猛虎，便与这只虎搏斗，最终将老虎杀死，为父报仇。这出戏剧的主要情节就是人虎相斗，其中还有歌舞表演，对于演员的服装和表情也有要求。

　　《踏摇娘》是歌舞戏中著名的一出戏，讲的是一个妇女遭到丈夫欺凌的故事。这出歌舞戏的特色是采用了载歌载舞、和声伴唱的表演形式，并且剧中两个角色都是由男人扮演的，这开了男演员反串女性角色的先河。

第三节　古典戏曲的繁荣

【典籍溯源】

> 两淮盐务例蓄花、雅两部，以备大戏：雅部即昆山腔；花部为京
> 腔、秦腔、弋阳腔、梆子腔、罗罗腔、二黄调，统谓之"乱弹"。
>
> ——李斗《扬州画舫录》

《扬州画舫录》为清代李斗所著的一本清代笔记合集，成书于乾隆六十年（1795年），共有十八卷。书中主要记载了一些扬州当地的园林景观、风土人情，还有一些戏曲史料以及小说史料。

李斗认为在戏剧发展史上，清代地方戏剧极为繁荣，一度出现了诸腔竞演、激烈争锋的盛况。清代地方戏曲主要分为"花部"和"雅部"，雅部主要包含昆山腔，花部则有京腔、秦腔、弋阳腔、梆子腔、罗罗腔以及二黄调，各类戏剧百花齐放，缔造了一个新的戏剧时代。

【戏曲文化】

古典戏曲至宋元时期逐渐定型，进入了戏曲的繁荣时期。在戏曲的繁荣发展时期主要出现了以下剧种：宋元南戏、元代杂剧、明清传奇剧以及清代地方戏。其中，又以"元代杂剧""明清传奇剧"两种最为有名。

1. 宋元南戏

宋元南戏指的是北宋末年到元末明初在福建泉州、福州及浙江温州一带流行的戏曲，又有戏文、南曲戏文、温州杂剧、永嘉杂剧之称。南戏产

生于北宋与南宋更迭之际，祝允明在《猥谈》说："南戏出于宣和之后，南渡之际，谓之温州杂剧。"它是我国较早成熟的戏曲模式，主要包括歌唱、舞蹈、念白等部分。

宋元南戏的剧本多由下层文人和艺人创作，多反映社会现实，其中既有对英雄和爱国者的歌颂，也有对反抗者和弱者的同情，更有对反面人物的批判。南戏的剧本通常为完整的长篇故事且故事情节较为曲折，代表作品有《琵琶记》《荆钗记》《拜月亭》《张协状元》等。

2. 元代杂剧

元杂剧又称北曲杂剧、北曲或是元曲，是在借鉴宋代杂剧和金朝院本的基础上，融合了话本、词曲、讲唱文学等艺术形式所形成的一种戏剧。元代可以说是中国戏剧的黄金时代，元曲也同唐代的诗歌、宋代的词一样，成了元代的代表文学。

关汉卿、白朴、马致远、郑光祖被称为"元曲四大家"，是这一时期的代表人物，他们的代表作品分别为《窦娥冤》《梧桐雨》《汉宫秋》《倩女离魂》。

元代杂剧大都依据当时的社会现实进行创作，但是为了避祸，杂剧家们通常"借古讽今"，对前朝的历史故事进行改编，来讽刺元代社会中的不合理现象。

3. 明清传奇剧

明清传奇剧是在宋元南戏基础上发展起来的，其作品之多号称"词山曲海"，代表作有《牡丹亭》《浣纱记》《宝剑记》《桃花扇》《风筝误》等。由于明清时期，社会各阶层都对戏曲十分喜爱，所以涌现出了众多戏剧班子。

明清传奇剧与宋元南戏和元杂剧相比，有了很大的变化，在音乐方面，它吸收了南戏与北曲中的精华部分，兼具南戏的清丽委婉以及北曲的激昂慷慨；在表演艺术方面，明清传奇剧角色分工更加细致，明代王骥德《曲律·论部色》中记载："今之南戏（即传奇），则有正生、贴生（或小生）、正旦、贴旦、老旦、小旦、外、末、净、丑（即中净）、小丑（即小净），共十二人，或十一人，与古小异。"戏剧角色也日益多样化。此外，传奇剧的体裁也逐渐增多，历史剧、风情剧、时事剧、社会剧等各类体裁数不胜数。

4. 清代地方戏

清代地方戏产生于康熙末年，兴盛于乾隆时期，各个独特地域色彩的地方戏日渐兴起，为戏曲的发展注入了新鲜的血液。清代地方戏主要有梆子戏、昆戏、弋腔戏等剧目，它们大都故事性强，结构严谨，雅俗共赏。

清代地方戏的剧目数量多到令人咋舌，我国于1956年进行了戏曲剧目统计，剧目数量高达五万一千八百六十七个，其中源于清代地方戏的剧目就有上万个，代表作品主要有《花木兰》《如意钩》《阳平关》《买胭脂》《清河桥》《奇冤报》《琵琶洞》《画中人》等。

【知识延伸】

元杂剧的题材

元杂剧的题材较多：一是以揭露社会黑暗、抨击政治腐败、反映人民疾苦为题材，代表作有《窦娥冤》《陈州粜米》《鲁斋郎》等；二是歌颂英雄，表扬反抗精神的作品，例如《双献功》《李逵负荆》《单刀会》《救风尘》等；三是描写爱情婚姻，歌颂自由，反映妇女愿望与追求的题材，代表作有《西厢记》《墙头马上》《倩女离魂》等；四是赞颂忠臣良将，讽刺鞭挞奸佞，歌颂正义，揭露腐败，主要作品有《吴天塔》《东窗事犯》《赵氏孤儿》等。

第四节　古典戏曲与宗教文化

【典籍溯源】

> 灵之为职，或偃蹇以象神，或婆娑以乐神，盖后世戏剧之萌芽，已有存焉者矣。
>
> ——王国维《宋元戏曲考》

《宋元戏曲考》为国学大师王国维所著，这是一部关于探讨中国戏曲的专著，全书共有十六章，围绕着宋元两朝的戏曲发展，主要写了中国戏曲的形成过程、戏剧的渊源以及戏剧文学等内容，还兼有曲调的专著，为后人了解戏曲文化提供了丰富的文献资料。

书中提到我国戏曲与文化息息相关，最早的民间戏剧正是由原始社会祭祀鬼神的歌舞演变而来，"灵之为职"中的"灵"指的就是宗教仪式的执行者"巫"，而"偃蹇""婆娑"指的则是巫在从事宗教仪式过程中的表演倾向，可见早期的宗教活动中是蕴含着戏曲的雏形的。

【戏曲文化】

在探讨中国古典戏曲的起源时，我们已经简单提到，戏剧最早是萌芽于远古先民的娱神活动中，以歌舞祭祀鬼神。这种歌舞祭祀经过不断地演变与发展，才逐渐成为戏曲。

原始宗教源于对鬼神和祖先的崇拜，因此古人时常会祭祀神灵，祈求风调雨顺、国泰民安。南北方地域有差异，所以南北方人的祭祀形式也有差异，北方通常以"巫舞"或"单鼓舞"的表演形式来祭祀，南方则通过"巫舞"祭祀。

巫舞早在先秦时期就在民间广泛流传，我们在上文提到过，"巫"被视为中国最早的戏曲演员，他们在宗教祭祀中起着重要的作用，自称是人与神之间的沟通使者。那他们如何与神沟通呢？就是通过在祭坛上卖力表演乐舞，也就是表演"巫舞"。先秦时期"巫舞"中最接近早期戏剧形式的便是《九歌》。

提到《九歌》，我们就会想到屈原，但是屈原并不是《九歌》的初创者，据《离骚》记载："启《九辨》与《九歌》兮，夏康娱以自纵"，可见早在夏代，《九歌》便已经作为祭祀乐歌存在了，也就是说。中国戏剧与宗教渊源，从夏代就已经开始了。

除了巫舞，还有一种叫"傩"的祭祀方式。"傩"又被称作"跳傩""傩舞""傩戏"，是中国最为古老的一种娱神舞蹈。在表演时，一名领舞者会扮成传说中驱除瘟疫的傩神，进行乐舞表演。

在这些宗教祭祀的表演中，都存在着一位共同的演员，那就是"巫"。在表演中，他们必须要使出浑身解数进行表演，一方面是表演给鬼神看，另一方面也是表演给参加祭祀的人看。为了让人们看得更加过瘾，为了让自己的职业更被认可，"巫"的表演很卖力。后来，人们广泛参与到这种表演里，这种表演便演化成了民俗活动的一部分。

清人姚元之在《竹叶亭杂记》中写道："萨吗诵祝至紧处，则若颠若狂，若以为神之将来也。诵愈疾，跳愈甚，铃鼓愈急，众鼓轰然矣。少顷，祝将毕，萨吗复若昏若醉，若神之已至……"从这段描述中，我们可以看出"巫"的表演具有双重性。在"神未上身"时，他是一名"巫"，而在"神仙上身"时，他便是神了。

这种双重性表演，推动了中国戏曲的诞生与发展，当我们用看戏的眼光去看待先人的宗教祭祀活动时，就会发现祭坛就是戏台，而祭坛上的"巫"便是戏剧演员，参加祭祀的人成了观众，神则是行当角色。

"巫"的吟唱、舞蹈、表演等，也与戏曲中的"唱、念、做、打"别无二致。

毫无疑问，古典戏曲蕴藏于古代的宗教祭祀活动中，随着社会的发展和朝代的更迭，宗教祭祀活动由宫廷散落到民间，娱神活动逐渐转化为娱人活动，祭坛上的卖力演出渐渐被搬到了戏台之上，戏曲就这样脱离了宗教祭祀，成了一种娱乐活动。

【知识延伸】

傩戏

傩戏是一种古老的祭神跳鬼、驱瘟避疫的娱神舞蹈。傩戏起源于商周时期，大约在宋代前后，傩戏受到民间歌舞、戏剧的影响，开始演变为旨在酬神还愿的戏剧表演。

傩戏的演出剧目不多，内容较为简单，大都与宗教和驱疫纳福有关。傩戏的表演者古称巫觋、祭师，被视为能沟通神鬼的"通灵"者，表演时装扮上各种木雕面具、兽皮面具和服饰，模仿与扮演神鬼的动作形神，借神鬼之名以驱鬼逐疫，祈福求愿。

第二章　中华古典戏曲知识

第一节　古代的戏曲场所

【典籍溯源】

> 每岁正月，万国来朝，留至十五日，于端门外，建国门内，绵亘八里，列为戏场。百官起棚夹路，从昏达旦，以纵观之。
>
> ——魏征《隋书》

《隋书》为唐代著名谏臣魏征主编的纪传体史书，为二十四史之一，全书共有八十五卷，帝纪五卷，列传五十卷，志三十卷。《隋书》从起草到成书，共经历了三十五年，记述了梁、陈、北齐、北周、隋五个朝代的历史。

《隋书·音乐志》中记载了隋炀帝时期，在洛阳演出"百戏"的盛大场面，其中提到的"戏场"指的就是表演杂技和戏曲的场所。从《隋书》的记载中我们可以看出，每年的正月初一至十五，隋炀帝都会召集各地的艺人来到洛阳，命百官在建国门内搭建戏场，以供演出使用。

【戏曲文化】

随着戏曲表演的日益流行，戏曲场所也应运而生，我国古代的戏曲场所在历朝历代都有不同的形式和名称。早在东汉时期，在洛阳城的西侧就有一家专门演出"百戏"的场所，名为"平乐馆"，这也是我国已知最早的戏曲表演场所。

隋唐时期，戏曲表演的场所被称为"戏场"；唐代还出现了一种可以避雨的戏台，名为"乐棚"；当时在达官显贵的家中也会不定期搭建室内戏台，以供娱乐，名为"锦筵"或"舞筵"。诗人白居易曾在诗中写道："平铺一合锦筵开，连击三声画鼓催"，其中"锦筵"指的就是这种室内戏台。

至宋朝，随着经济的繁荣和城市格局的开放，在北宋都城汴京中几乎遍布戏曲表演的场所，宋人称之为"瓦舍"。

瓦舍几乎遍布北宋都城汴京的大街小巷，而有瓦舍必有勾栏。勾栏是瓦舍内设置的演出棚，演员就是在勾栏中进行表演，演出节目也很多样，他们有的表演说书，有的表演杂技，有的表演傀儡戏或影子戏，还有单纯装神弄鬼求钱的，表演形式极为丰富。当时汴京共有"大小勾栏棚"五十余座，最大的可容纳上千名观众。

瓦舍自出现之后就极受欢迎，不管是平民百姓还是王公贵胄，不论是文人雅士还是军将士卒，都喜欢去瓦舍中观看表演。

北宋灭亡后，南宋的都城迁到了临安，南宋瓦舍勾栏的规模丝毫不逊于北宋。根据南宋文人吴自牧在《梦粱录》中的记载："城内城外，（瓦舍）合计有十七处之多。仅北瓦一处，就有勾栏十三座。"在临安城中，勾栏棚的数量甚至高于北宋时期，勾栏瓦舍的出现，促进了戏曲的进一步发展与繁荣。

到了元代，元杂剧的出现使中国戏曲的发展达到了顶峰，这一时期也出现了专门用于看戏的戏台。元朝时期，民间开始大量兴建戏台，有很多戏台都遗存至今，其中位于临汾魏村的牛王庙戏台是我国现存最早的戏台。当时的戏台结构有点类似于如今北京的四合院，中间是容纳观众看戏的院子，正中央的亭台则是演员们表演的地方。

到了明清时期，在元代戏台的基础上，衍生出了宏大的戏曲观演建筑——戏楼，面积很大，通常有两三层。戏楼一般是坐南朝北，三层大戏楼由下至上是福台、禄台和寿台，并且它们的表演空间逐层递减。戏楼这类宏大的建筑通常存在于皇家园林中，普通百姓一般不能到这里看戏。在这一时期，供戏剧演员表演的庙会草堂也出现了，百姓们通常会在赶庙会的时候看上几出戏。因此，戏班子便在庙会草堂间进行频繁的演出。

【知识延伸】

清代三大戏楼

到了清朝时期，戏曲已经极为繁盛，表演戏剧的场所也变得高大宽敞，清代就有著名的三大戏楼：德和园大戏楼、畅音阁大戏楼以及清音阁大戏楼。

德和园大戏楼位于如今的颐和园中，建于清光绪十七年（1891年），是中国现存最大的戏楼。畅音阁大戏楼位于如今的北京故宫博物院中，建于乾隆四十一年（1776年），畅音阁中的戏台是紫禁城中最大的。清音阁大戏楼位于如今的承德避暑山庄中，建成于乾隆十九年（1754年），戏楼共有四层，地上三层可以同时进行戏曲表演，清廷每逢重大节庆，就要在这里进行演出，连续演上三五天也是常事。

第二节　古代戏曲的艺术手段

【典籍溯源】

　　腰硬则全身不灵活。文则如上马、下马，武则如舞弄刀、枪，皆仗腰间之灵活，方能出色。

——黄旛绰《梨园原》

　　《梨园原》是清代黄旛绰等戏曲表演者所著的戏曲表演论著，其中包括诸多方面的戏曲表演经验，初名为《明心鉴》，后经胥园居士庄肇奎的考证增补，改名为《梨园原》。

　　黄旛绰认为，在戏曲表演中，腰部一定要柔软灵活，若是腰部太硬，很多戏曲动作便难以做到位。

【戏曲文化】

　　中国戏曲发展依旧经久不衰，与其日益完善的表演与动作技艺是密不可分的。历经朝代的更迭与岁月的洗礼，戏剧演员的动作技艺趋于成熟，形成了一种固定的程式和动作。

　　戏曲表演常常依据剧本，使用虚拟动作呈现于戏剧舞台，戏剧表演的艺术手段可以用"四功""五法"来总结。

　　"四功"就是我们常说的"唱、念、做、打"，它们构成了戏曲表演的两大要素：歌曲和舞蹈。"唱"和"念"二者相辅相成，负责歌曲的部分，"做"和"打"互相结合，构成了舞蹈部分。

"唱"指的是唱功，戏曲演员如果要练习唱功的话，需要通过喊嗓、吊嗓来锻炼自己的喉声、耐力和音色，再辅以咬字、归韵、喷口、润腔等练习，通过这些练习来训练自己的声腔，便于更好地去塑造人物。

"念"指的是念白，这是戏曲演员从小必练的基本功，唱与念相结合，为表达人物的思想感情服务。

"做"指的是做功，即舞蹈化的形体动作，这要求演员从小就要练习腰、腿、手等身体部位的基本功，并学习翎子、甩发、水袖的各种技法，最重要的是要学会揣摩角色的人物特征和心理。

"打"指的是传统武术的舞蹈化，分为把子功和毯子功两类，使用刀枪剑戟等兵器对打或独舞的被称为"把子功"；需要在毯子上翻滚跌扑的，被称为"毯子功"。做和打是戏曲区别于其他表演形式的典型特征。

除了"四功"外，还有"五法"，即"手""眼""身""法""步"，戏剧五法主要是为唱念做打中的"做功"服务的。

"手法"指的是戏曲演员手部动作的表演，不同手法的使用代表着不同的含义，例如双手合掌互搓，代表着焦急、慌乱的情绪；再比如旦角的代表手法就是兰花指，而不同年龄段的角色兰花指的翘法又有所不同。戏剧演员在表演时辅以适当的手法，可以将人物塑造得更加完美。

"眼法"是指使用不同眼神进行情感表达，有一句老话说"一身之戏在于脸，一脸之戏在于眼"，"眼技"对于人物的塑造也极为重要。

"步法"指的是台步，所谓"先看一步走，再听一张口"，步法一定程度上决定着一个演员的台风。

"身法"为戏曲演员的身段和身韵，五法之中的"身法"为枢纽部分，因为手法、眼法、步法其实都存在于"身"上，三者只有与身段密切配合，才能更好地塑造角色。

关于五法中的"法"是存在争议的，很多学者都主张用"口""心""腰"等不同部位来取代"法"。但是，也有学者认为这里的"法"指的就是"范儿"，即戏曲表演的天赋，天赋高的演员表演更有灵性，天赋低的演员则需要后天更加努力。

在传统戏剧千百年的演化史中，戏曲演员的动作技法越来越精妙绝伦，成为中华戏曲中最为璀璨的一个组成部分。

【知识延伸】

戏曲动作中的"绝活儿"

戏曲动作技艺中最受观众喜爱的是各种动作"绝活儿"。中国传统戏剧的"绝活儿"，以"绝"为珍，以"奇"为美，以"情"动人。在众多绝活儿中，"变脸""打棍出箱""吐火""藏刀"被称为中国传统戏曲"四大绝技"。

除此之外，中国传统戏曲绝活儿还有"变花""跳椅""出手""板技""摆阵""耍叉""耍辫""耍手帕""水袖功""翎子功""扇子功""圆场功""椅子功""十八架""悬丝木偶""木偶背人"等。

第三节 古代戏曲的脸谱文化

【典籍溯源】

> 又於庭外丹陛间，作虎豹异兽形，扮八大人骑禺马作逐射
> 状，颇沿古人傩礼之意，谓之《喜起舞》。
>
> ——昭梿《啸亭续录》

《啸亭续录》是清代昭梿编撰的一本笔记，其中记载了清代道光初年以前的一些历史事件、典章制度、社会习俗和趣闻轶事，书中所写的内容大多是作者的亲身经历和见闻，所以可信度较高。

昭梿在《啸亭续录》中提到了傩礼，这是古代在腊月举行的驱鬼仪式。古人在举行傩礼之时，要"作虎豹异兽形，扮八大人骑禺马作逐射状"，在傩礼中进行表演的人要戴上面具，而这些面具正是古代戏曲脸谱的由来。

【戏曲文化】

所谓脸谱指的是戏曲演员的妆容，在脸上进行绘画，用于表现人物的性格特征。脸谱源自古人所戴的面具，古代人以乐舞表演来进行祭祀，有一种名为"傩"的舞蹈，跳舞的人就戴着面具。

古代的面具上有简单的符号，用于表达特定的观念和表情，随着戏曲的产生与发展，这些符号逐渐被画在了脸上，来表达更为丰富和复杂的观念和表情。在唐代的诗歌中就有关于"涂面"的记载，孟郊在《弦歌行》中写"驱傩击鼓吹长笛，瘦鬼染面惟齿白"，这说明当时就已经有人通过"染面"的方式，来表现鬼神了。

至宋代，"涂面"更多用来表现人物性格。宋代徐梦莘在《三朝北门会编》第六卷中记载了宋徽宗的两个佞臣通过涂面来表演优戏的场景，他们口出污言秽语，蛊惑皇上。到了元代，杂剧盛行一时，开始出现了戏剧人物整脸的谱式，脸谱初步形成。

明朝时期，戏曲已经被搬上了舞台，也有了专门演出戏曲的场所，脸谱的发展也更加成熟。戏剧演员开始依据生、旦、净、丑的行当来画脸谱，几乎每一个角色都有专门的脸谱。每一个脸谱都有一个底色，然后再在底色的基础上进行描摹和涂画。这个底色代表着这个人物的性格特征，例如关公的脸是红色的，代表着忠义、耿直；包公的脸是黑色的，代表着威武、严肃。

随着清代地方戏的繁荣，脸谱开始带有浓厚的地方色彩和民间艺术气息。明清两代的脸谱其实差别不大，唯一的区别就是图案比例发生了变化，因为明朝人是留发的，所以戏曲演员画脸谱从额头以下开始画，而清朝人是剃发的，所以他们的脸谱要从脑门以上开始画。

【知识延伸】

各色脸谱的含义

脸谱的底色各式各样，我们很多人都听过这样一首歌："蓝脸的窦尔敦盗御马，红脸的关公战长沙，黄脸的典韦，白脸的曹操，黑脸的张飞叫喳喳……"，唱的正是京剧中的"脸谱"。

红色和黑色的脸谱上面我们已经提到过了，那其他的底色又有着怎样的含义呢？蓝色脸谱代表的是性格刚直，桀骜不驯，例如《上天台》中的马武，《连环套》里的窦尔敦；黄色脸谱代表这个人勇猛、暴躁，比如典韦；白色脸谱代表奸诈多疑，比如曹操、秦桧等人都是白脸；紫色的脸谱代表此人肃穆、稳重，富有正义感，比如《二进宫》中的徐延昭。

从事戏剧表演的演员要画脸谱，脸谱的颜色，代表了这个角色的性格与命运，能帮助观众更好地理解剧情。

第四节　古代戏曲的四大声腔

【典籍溯源】

　　数十年来，所谓南戏盛行，更为无端，于是声乐大乱……歌唱愈缪，极厌观听，盖已略无音律腔调。愚人蠢工徇意更变，妄名余姚腔、海盐腔、弋阳腔、昆山腔之类，变易喉舌，趁逐抑扬，杜撰百端，真胡说耳。今遍满四方，辗转改益，又不如旧。

——祝允明《猥谈》

　　《猥谈》是明代文学家祝允明所编写的一本笔记小说，共有一卷，本书主要以记述街头巷尾的趣事杂谈为主，以通俗、琐碎和有趣为特色，其中也不乏一些具有史料价值的记载，比如对于南戏和生、旦等戏曲角色的解释，就极有参考价值。

　　祝允明在《猥谈》中提到南戏在明朝时期已经极其兴盛，各式各样的声腔也已形成，其中以余姚腔、海盐腔、弋阳腔和昆山腔最为出名，这四者也被称为明朝时期的四大声腔。

【戏曲文化】

　　演唱是戏曲的一种表演方式，凡是唱就要有腔调，我国戏曲就有四大声腔。中国戏曲四大声腔的内涵是随着历史的发展而不断变化的，在明朝初年时，四大声腔指的是海盐腔、弋阳腔、余姚腔、昆山腔。在清代、康熙乾隆年间，四大声腔指的则是昆山腔、弋阳腔、柳子腔和梆子腔，在当时还有"南昆、北弋、东柳、西梆"的说法。如今，我们再提到"四大声腔"的话，多指梆子腔、皮黄腔、昆腔和高腔。

可以看到四大声腔历经演变，唯有"昆腔"在其中从未被替代。昆腔又有"昆山腔"之称，是明代南戏中重要的戏曲声腔，也是清代和现代四大声腔之一，起源于江苏昆山一带。南戏流传到昆山地区，与当地的语言和民间音乐相互融合，经昆山戏曲家顾坚的再创造，至明朝逐渐形成了"昆山腔"。明代嘉靖年间，戏曲家魏良辅在顾坚的基础上，借鉴海盐腔和弋阳腔，对"昆山腔"再次加工，昆腔自此定型。昆腔曲调细腻婉转，既有南曲的轻柔婉折，又有北曲的慷慨激昂。

弋阳腔又称"弋腔"，为明代、清代的四大声腔之一，元代时起源于江西弋阳一带，至明朝嘉靖年间日益形成。清朝之后，弋阳腔逐渐衰落，现如今只在江西的赣剧还保留着弋阳腔的腔调和剧目。

梆子腔是在清朝开始兴盛的，一直延续至今，经久不衰。在清代其被称作"西梆"，由于梆子腔产生于山西陕西一带。首先形成的就是在陕西一带的秦腔，也称陕西梆子，很快梆子腔就在各地都流行了起来，形成了各种不同的流派，比如河北梆子、山西梆子、河南梆子等。

除昆腔、梆子腔外，如今名列四大声腔的还有皮黄腔和高腔。皮黄腔是以二黄腔和西皮腔为主要腔调的剧种，西皮腔脱胎于秦腔，清初流传至武汉一带，与当地民间音乐融合而成。高腔为明代的弋阳腔与后来的青阳腔融合而成的一种声腔，起源于江西弋阳。高腔有着表演质朴、高亢激越的特点，往往一人唱而众人和之，通过击鼓来伴奏，无管弦乐，在多年的发展中形成了很多流派，例如西安高腔、松阳高腔、岳西高腔等。

【知识延伸】

被历史湮灭的其他声腔

在戏曲四大声腔的不断发展中，有一些声腔只是昙花一现，就被取代了，其中包括海盐腔、余姚腔、柳子腔。

海盐腔为明朝四大声腔之一，因发源于浙江海盐而得名，以腔调轻柔婉转而著名，深受官僚、士大夫的喜欢。明朝万历年间后，海盐腔日渐衰微而绝迹。

余姚腔是我国最早的一种声腔，在元末明初形成于绍兴府的余姚一带。余姚腔的产生，一方面吸收了地方原有的曲调，另一方面也融合了北方音乐的曲调。随着明朝末年昆腔和弋阳腔的兴起，余姚腔日益衰落。

被誉为"东柳"的柳子腔指的是清朝初年在黄河下游的冀、鲁、豫等地区的声腔，以唱俗曲曲牌为特色。

第三章 元代戏曲名家名作

第一节 关汉卿与《窦娥冤》

【典籍溯源】

> 即列之于世界大悲剧中，亦无愧色也。
>
> ——王国维《宋元戏曲考》

王国维在《宋元戏曲考》中对古代四大悲剧之一的《窦娥冤》作过评价，他认为窦娥这一形象淳朴善良、坚贞不屈，是中国女性的代表，正是因为如此，《窦娥冤》才能经久不衰。王国维在书中表示，关汉卿的《窦娥冤》是能与世界上优秀的悲剧作品比肩的精品杂剧。

【戏曲文化】

关汉卿，号已斋，元代著名戏剧作家，杂剧奠基人，为"元曲四大家"之首，被后世誉为"曲圣"。关汉卿以杂剧成就最大，其中最为著名的当属《窦娥冤》。关汉卿的杂剧内容丰富，笔法清新，具有很高的文学价值与艺术价值。

关汉卿一生写了六十多种杂剧，现如今都被收录在不同的书中。《感天动地窦娥冤》（简称《窦娥冤》）《赵盼儿风月救风尘》《杜蕊娘智赏金线池》等作品收录在了《元曲选》中；《关大王单刀赴会》《关张双赴西蜀梦》《闺怨佳人拜月亭》等杂剧收录在《元刻古今杂剧三十种》中；《邓夫人苦痛哭存孝》《刘夫人庆赏五侯宴》《状元堂陈母教子》收录在《元明杂剧》一书中。

关汉卿作品中古往今来被奉为佳作的当数《窦娥冤》，这一杂剧讲述的是汉代东海孝妇窦娥的故事。这个女子三岁丧母，七岁离开父亲，十七岁成了寡妇，这样的身世是典型的悲剧人物设定。

窦娥的悲剧正是从父亲窦天章卖女儿开始的。窦天章想要进京赶考却没有盘缠，借了蔡婆婆的高利贷，因为无钱归还，窦天章只好将女儿窦娥嫁给蔡家为媳。但是没有两年，窦娥的丈夫便亡故了，只留下了她和蔡婆相依为命。后来，婆媳二人又遇到了张驴儿父子，这对流氓父子想要霸占婆媳俩为妻，窦娥坚决不从，心狠手辣的张驴儿本想用毒药害死蔡婆，但却阴差阳错害死了自己的父亲，张驴儿为了保命，将杀人之罪嫁祸给了窦娥。最终窦娥被屈打成招，判处死刑。

窦娥在被押往法场斩首的路上，对着天地鬼神喊出了冤情，她对着天地发下了三个誓言：一为血溅三尺白练，二为六月飘雪，三为大旱三年。许是上天听到了她的冤情，这三个誓言在窦娥死后竟然一一应验。后来，窦天章考中归来，在窦娥魂魄的请求下重新审理此案，窦娥才得以沉冤昭雪。

《窦娥冤》的故事源于《列女传》中"东海孝妇"的故事，关汉卿在这个故事的基础上，巧妙地借"天人感应"，批判了古代官场的黑暗，坏人常常与当地父母官狼狈为奸，颠倒是非黑白，反映了"衙门自古向南开，就中无个不冤哉"的社会现状。《窦娥冤》中歌颂了普通百姓的反抗斗争，揭露社会黑暗和统治者的残暴，反映了当时尖锐的阶级矛盾，实乃元杂剧悲剧中的精品之作。

在艺术表现手法上，《窦娥冤》是浪漫主义与现实主义的结合，关汉卿用丰富的想象力，设计出了一系列超现实的情节，将自己所要表达的情感贯穿其中，同时反映了当时劳动人民渴望惩恶扬善的愿望。

【知识延伸】

关汉卿杂剧的艺术特色

　　关汉卿的杂剧具有独特的艺术特色：首先，极具现实主义色彩。关汉卿在杂剧中真实地描摹时代，对一些社会现实问题进行了深刻地揭示；其次，刻画了饱满的人物形象。他创作的各个阶层的女性形象，诸如《救风尘》中的赵盼儿、宋引章，《谢天香》中的谢天笑，都是有血有肉、栩栩如生的女性角色，丰富了古代戏剧文学中的女性形象；最后，关汉卿的杂剧结构紧凑而多变，引人入胜，杂剧语言通俗、质朴，能为人物形象的塑造增光添色。

第二节　白朴与《梧桐雨》

【典籍溯源】

> 元人咏马嵬事无虑数十家，白仁甫《梧桐雨》剧为最。
>
> ——李调元《雨村曲话》

《雨村曲话》是清代学者李调元的一部戏曲评论著作，共有两卷，上卷主要对元曲作家的名句进行品评，探讨他们在元曲作品中的炼字造句和音律风格；下卷则主要探讨明代传奇戏曲的词采问题。

《梧桐雨》写的是唐玄宗与杨贵妃的悲惨爱情故事，李调元在《雨村曲话》中认为，元人写唐明皇与杨贵妃马嵬兵变之事的作品很多，但白朴的《梧桐雨》却是这些作品中最为优秀的。

【戏曲文化】

白朴，原名恒，字仁甫，后改名朴，字太素，号兰谷，汴梁（今河南开封）人。白朴是元代著名杂剧作家，与关汉卿、马致远、郑光祖并称"元曲四大家"，其代表作有《唐明皇秋夜梧桐雨》《裴少俊墙头马上》《东墙记》等。

白朴出身于官僚士大夫之家，他的父亲白华为金朝的进士，曾官至枢密院判，白家与元好问家私交甚好，经常往来。白朴生于这样的家庭中，本应读书问学、谈文论艺，求取功名，奈何他生不逢时，恰逢战乱时代，他的幼年几乎都是在逃亡中度过的。

白朴在逃亡之中，一度与父母失散，由元好问将其抚养长大。后来，白朴的父亲归降元朝，在真定安定了下来，元好问才将白朴送回，白朴终于与家人团聚。白华希望儿子可以好好读书，入仕为官，但是由于白朴心中对于元蒙统治者的残暴掠夺极为不满，于是便放弃了追求官场名利，转而专心进行文学创作。

白朴在元杂剧方面的成就最为显著，一生共创作了杂剧十六种，其中《唐明皇秋夜梧桐雨》（简称《梧桐雨》）是最受瞩目的杂剧作品，被誉为"中国十大古典悲剧"之一。《梧桐雨》取材于唐人陈鸿的《长恨歌传》，名称则是取自白居易《长恨歌》中的"春风桃李花开夜，秋雨梧桐叶落时"的诗句。

《梧桐雨》全剧分为楔子和四折内容，这部杂剧主要讲了安禄山贻误军机，被押至京城，理应问罪处死，但是因唐玄宗惜才，不仅没有处置他，反而让其给杨贵妃做义子，再次授予官职。

因为唐玄宗的错误决断，养虎为患，促使了安史之乱的发生。唐玄宗与杨贵妃等人只能仓皇出逃，逃至马嵬驿时，军队内乱，一众大臣请求玄宗诛杀祸国殃民的杨国忠和魅惑君王的杨贵妃。唐玄宗被逼无奈，先下令诛杀了杨国忠，后又命太监高力士将杨贵妃带到佛堂中，让她自尽。

杨贵妃死后，唐玄宗悲伤不已。后来，唐肃宗收复了京都，唐玄宗退居二线成为太上皇，居于西宫之中，他将杨贵妃的画像挂于墙上，夜夜思念。一夜，唐玄宗正在梦中与杨贵妃相见，但却被梧桐雨惊醒。梦醒后，玄宗沉默不已，追忆往事，只得独自垂泪到天明。

梧桐自古就有伤悼、孤独、寂寞的内涵。唐玄宗在杨贵妃死后，曾对着梧桐回忆："当初妃子在舞翠盘时，在此树下；寡人与妃子盟誓时，亦对此树；今日梦境相寻，又被它惊觉了"。在《梧桐雨》中，白朴将梧桐这一意象与杨贵妃、唐玄宗的爱情悲剧相结合，梧桐树贯穿李杨爱情的始终，更能让人感受到二人爱情之悲。

《梧桐雨》在戏剧艺术史上创下了极高成就，也为后世掀起了一股

"李杨爱情"的创作热。明代戏剧作家王湘、徐复祚、汪道昆、叶宪祖等人，清代戏剧作家钮格、洪昇、孙郁、唐英等人，都在《梧桐雨》的基础上或改编，或创作。时至今日，仍有很多作者、编剧以《梧桐雨》为基础，传颂李杨爱情。

【知识延伸】

《裴少俊墙头马上》

《裴少俊墙头马上》是白朴的另一杂剧，讲述的是李千金和裴少俊为了自由恋爱勇于反抗封建礼教的故事。

李千金与裴少俊都出身于官宦世家，二人游园相遇后，一见钟情，在未经父母同意的情况下私订终身。李千金跟随裴少俊回到家中，为其生儿育女，被藏于裴府花园七年。后来，李千金被裴少俊的父亲发现，斥责她为娼妓，并把她赶了出去。裴少俊参加了科举考试，进士及第后接李千金回家，她因受辱如何都不肯再回去，最后还是在儿女的哀求下，夫妻才得以团圆。

第三节　马致远与《汉宫秋》

【典籍溯源】

> 元明以来，作昭君杂剧者有四家。马东篱汉宫秋一剧，可称
> 绝调。臧晋叔《元曲选》取为第一，良非虚美。
>
> ——焦循《剧说》

《剧说》是清朝焦循创作的戏曲论著，其中收录了汉唐以来一百五十余家的曲论、剧论观点，还记载了一些流传在梨园、教坊中的奇闻轶事，为后人研究古典戏曲提供了丰富的资料。

马致远的《汉宫秋》写的是汉元帝与王昭君的故事。焦循在《剧说》中认为，元明以来，写王昭君的杂剧不在少数，马致远的《汉宫秋》让人眼前一亮，极具戏剧叙事美学价值，《汉宫秋》这一剧本被臧晋叔列为《元曲选》的第一，也是理所应当的。

【戏曲文化】

马致远，号东篱，元朝著名戏曲家、散文家，被后人誉为"马东篱""马神仙"，为"元曲四大家"之一。马致远早年追求入仕，据他在《女冠子·枉了闲愁》中写"且念鲰生自年幼，写诗曾献上龙楼"来看，马致远为了求取功名，曾向忽必烈嫡长子孛儿只斤·真金献诗。马致远曾任江浙行省务官、工部主事等官职。晚年因不满时政，选择了归田隐居。

马致远自幼深受儒家思想的熏陶，儒家的礼乐思想对他产生了较大的影响，也深刻影响了他的元曲和杂剧创作。

马致远一生创作了十五种杂剧作品，以及一百二十余首散曲，大多数人都很熟悉马致远的那首著名的《天净沙·秋思》，至今我们都可以出口成诵："枯藤老树昏鸦，小桥流水人家，古道西风瘦马。夕阳西下，断肠人在天涯。"其实，马致远在文学方面最大的成就还是杂剧《汉宫秋》。

《汉宫秋》全名为《破幽梦孤雁汉宫秋》，讲述的是汉元帝与王昭君的故事。汉元帝听从宫廷画师毛延寿的建议，从民间选美，充实后宫，并将此事全权交给毛延寿负责。毛延寿奉命到民间为汉元帝选妃，为这些女子画像，然后将画像呈给汉元帝，以供挑选。不少姑娘为了一步登天，便私下贿赂毛延寿，希望他能给自己画得美一些。毛延寿趁机敛财，告诉众女子，谁如果给的钱多，就可以将她们的肖像画得好看一些；要是贿赂给得少，便画得不那么美。

女主角王昭君也参加选美，她长得十分貌美，但却不愿靠贿赂与汉元帝相见。毛延寿见她一毛不拔，便在她的画像点了几颗痣，故意丑化她，致使王昭君入宫后独处冷宫。一天深夜，汉元帝偶然听到昭君在宫中弹奏琵琶，走近后，被昭君美貌所惊艳，将她封为明妃。

毛延寿自知即将大难临头，连夜逃至匈奴，将王昭君的真实画像献给了匈奴单于，单于垂涎昭君美色，便向汉元帝要人，甚至以武力威胁。汉元帝舍不得让昭君和亲，可昭君深明大义，得知此事，为了大汉的江山社稷，自愿前往和亲。单于得到昭君后，立刻退兵，但是昭君终究是不舍汉元帝和故国，以死保全名节。单于怕汉朝向他发难，于是便将毛延寿送回了汉朝，最终汉元帝将毛延寿斩首，祭奠昭君。

马致远的《汉宫秋》从内容上看，与正史相差甚远，但是作者笔下塑造的人物却极为形象，一个懦弱的皇帝，一个果敢的女子，一个贪滑的小人，每一个人物都有鲜明的性格特征。

最值得一提的是马致远对于王昭君这一女性角色的塑造。在以往的很多作品中，作者都将王昭君塑造成了一个因不得宠，含怨自请出塞的形象。但是，在马致远的笔下，却将她塑造成了一位美丽果敢、为国家的安危牺牲个人幸福的巾帼英雄形象，从侧面烘托了皇帝与满朝文武的懦弱无能。

马致远的《汉宫秋》对"昭君出塞"这一故事的创新，也为后世文人提供了新的创作方向。

【知识延伸】

马致远的散曲成就

马致远的散曲成就与杂剧相比不相上下。他的散曲独具特色：首先，散曲的题材广泛，包含咏史、叹世、归隐、闺情等内容，他在这些作品中，或表达怀才不遇的愤懑，或评价古人的功过得失，拓展了散曲的题材范围；其次，制曲的艺术极为精湛，他在创作时，擅长刻画人物的心理，而且善于运用修辞手法，所以他的散曲大多语言清丽、人物鲜活、意境饱满。

第四节　王实甫与《西厢记》

【典籍溯源】

　　《西厢记》必须尽一日一夜之力，一气读之。一气读之者，
总揽其起尽也。《西厢记》必须展半月一月之功，精切读之。精
切读之者，细寻其肤寸也。

——金圣叹《六才子书》

　　《六才子书》为清代金圣叹所编写的一本评点类书籍，"评点"指的
是文学理论批评上的一种特殊形式，包括圈点、眉批、夹批、总评等。金
圣叹将《庄子》《离骚》《史记》《杜诗》《水浒传》《西厢记》称为世
间六才子书，分别对这些作品进行了评点。

　　清代学者金圣叹将《西厢记》与《离骚》《史记》等著作并列为六
才子书，足以见《西厢记》在文学史上的地位。金圣叹认为要读《西厢
记》，一定要用一月或者半月"精切读之"，并且要连续不中断地读下
来，这样才能更好地体味其中的人物和故事情节，真正读懂这本书。

【戏曲文化】

　　王实甫，名德信，大都（今北京）人，祖籍河北保定市定兴，元代
著名戏曲家，如今存世的杂剧有十四种，代表作有《西厢记》《丽春堂》
《破窑记》。其中，《西厢记》是元杂剧中数一数二的作品，被誉为"天
下夺魁"，在文学史上占据着重要地位。

王实甫虽然不是"元曲四大家"，但他的成就与关汉卿、白朴、马致远齐名。王实甫在吸收了唐诗宋词语言艺术和元代民间口头用语的基础上，独创了元曲词汇，成为中国戏曲史上"文采派"的杰出代表。

王实甫最出彩的作品就是《西厢记》，全名为《崔莺莺待月西厢记》，这部杂剧取材于唐代的《莺莺传》，并以金代董解元的《西厢记诸宫调》为基础改编而成，写的是书生张生和相府小姐崔莺莺的爱情故事。

唐德宗年间，白衣秀才张生在进京赶考途中，偶遇已故崔相国之女崔莺莺，崔莺莺随其母郑氏为父亲护棺至博陵（今定州）安葬，并夜宿普救寺为亡父祈福。张生对于貌美如花的崔莺莺一见钟情，于是他借住在了普救寺的西厢房，想要寻找机会认识崔莺莺。

晚上，莺莺与婢女红娘在院中焚香，张生趁机赋诗一首："月色溶溶夜，花阴寂寂春；如何临皓魄，不见月中人？"莺莺一听，顿时来了诗兴，当即和了一首："兰闺久寂寞，无事度芳春。料得行吟者，应怜长叹人。"

二人可谓是俊男才女，一拍即合，互生好感。这时，一个名为孙飞虎的贼将想要强娶崔莺莺做他的压寨夫人，崔莺莺母郑氏提出如果张生可以击退贼军，就将莺莺许配给他。张生在好友杜确的帮助下成功击溃了敌军，解了普救寺之困。可是郑氏翻脸不认人，以"崔家三代不招白衣之婿"为由，让张生断了娶崔莺莺的念头。

张生为了娶莺莺，只能前往京城考取功名。就在张生赴京赶考后，与崔莺莺有婚约的尚书之子郑恒听说了崔莺莺与张生的事，心有不甘，于是郑恒编造谎言，说张生已在京城娶亲。崔莺莺母郑氏再次悔婚，想要将崔莺莺嫁给郑恒。好在状元及第的张生及时赶回，郑恒自杀谢罪，张生如愿以偿与崔莺莺结为夫妻。

《西厢记》中通过写张生和崔莺莺的爱情故事来反对封建礼教和父母包办婚姻，提出了"天下有情人终成眷属"的主张。二人的门第、权势虽然如此悬殊，但还是跨过了重重阻碍，相守一生。王实甫将自己"为争取爱情自由、婚姻自主而抗争"的观点融入了这部杂剧中。

王实甫在创作中用词极为优美华丽，明初文人朱权在《太和正音谱》中评价其词为"花间美人""极有佳句"。而《西厢记》自问世以来便成为家喻户晓的名戏，后来的《牡丹亭》《红楼梦》等千古名作，都是从《西厢记》中获得的启发。

【知识延伸】

婢女红娘

红娘是《西厢记》中最深入人心的角色，是促使崔莺莺与张生爱情圆满的关键人物。红娘是一个机智敏捷、沉着冷静的女性角色，她的思想并未受到封建礼制的束缚。在节烈思想极为强烈的时代，她敢于站在封建思想的对立面，帮助崔莺莺与张生互通情书。在相国夫人发现端倪拷问红娘时，她能沉着冷静应对，丝毫不慌乱，说话滴水不漏。可以说，红娘是崔莺莺与张生爱情的守卫者，更是整个故事情节的推动者，是《西厢记》中最为性格鲜明的一个人物。

第五节　郑光祖与《倩女离魂》

【典籍溯源】

　　乾坤膏馥润肌肤，锦绣文章满肺腑。笔端写出惊人句，解
翻腾今是古，词坛老将输伏。翰林风月，梨园乐府，端的是曾
下功夫。

——钟嗣成《录鬼簿》

　　《录鬼簿》为元代钟嗣成的作品，成书于至顺元年（1330年），书中
记录了金代末年至元朝中期的杂剧和散曲艺人八十余人，其中记述了他们
的生平、作品以及作者对他们的简评。钟嗣成尤为认可郑光祖，将其放在
了首位。

　　钟嗣成在《录鬼簿》中对郑光祖的评价甚高，郑光祖一生都与诗文词
曲为伴，为后世留下了许多文学作品，其中有杂剧十八种、小令六首，最
受瞩目的作品就是杂剧《倩女离魂》。郑光祖也因此留名梨园，在这一行
中，"郑老先生"可以说是无人不知，无人不晓。

【戏曲文化】

　　郑光祖，字德辉，平阳襄陵人，元代著名杂剧家、散曲家，"元曲四
大家"之一。郑光祖早年喜好儒学，从小就受戏剧艺术的熏陶，致使他对
杂剧创作产生了浓厚的兴趣。郑光祖一生写过十八个元杂剧剧本，皆流传
至今，他所写的杂剧被誉为"名闻天下，声振闺阁"。

郑光祖也曾入仕为官，曾在杭州路为吏，但是由于为人方直，所以在官场中并不受待见，在并不怎么顺遂的官场生涯中，杂剧创作成了他的慰藉。由于郑光祖喜欢戏曲创作，民间的伶人歌女成为他的知音，与这些伶人的交往，不断触发他的感情，促使他创作出了很多脍炙人口的作品。郑光祖在当时颇受伶人追捧，伶人尊称他为"先生"。郑光祖去世后，由伶人将他火葬，葬于杭州灵隐寺。

在郑光祖的众多杂剧作品中，《倩女离魂》是最为出名的，全名《迷青琐倩女离魂》，其与《西厢记》《拜月亭》《墙头马上》并称为"四大爱情剧"。《倩女离魂》是在唐朝陈玄祐《离魂记》的基础上进行改编的，写的是秀才王文举与张倩女的爱情故事。

秀才王文举因父母之命与张倩女指腹为婚。王文举和张倩女都到了成婚的年纪，王文举于是上门求娶，想要履行旧约。张倩女之母李氏见王文举父母双亡，便想毁约，以"三辈不招白衣秀士"为由，拒绝了王文举的请求。

好在倩女十分忠于这段婚约，王文举为了迎娶倩女，在折柳亭与倩女告别后，便进京去赶考。王文举离去后，张倩女思念不已，忧心忡忡，一方面她担心二人之间的婚姻充满了不确定性，另一方面她也担心王文举高中后在京城另觅良人。基于这样的忧虑，她的灵魂离开了身体，追赶上了进京赶考的王文举。然而，王文举并不知道倩女的魂魄与自己在一起，还以为是倩女本人同自己一起赴京。

应试的王文举高中状元，三年后，他从京城启程赴任，带倩女回衡州省亲。归家后的倩女，魂魄与身体终于合二为一，这对恩爱夫妻才算真正团圆。

《倩女离魂》的故事设定极为巧妙，郑光祖在书中设置了倩女的身体与魂魄分离的情节，其实是意有所指。倩女的魂魄代表了她对爱情的渴望与追求，倩女的身体则代表她备受封建礼制的煎熬。这种表现方式，也体现了那个时代女性被礼教枷锁禁锢的无奈。

【知识延伸】

《拜月亭》

　　《拜月亭》全名《王瑞兰闺怨拜月亭》，它与《倩女离魂》《西厢记》《墙头马上》并称"元曲四大爱情剧"。《拜月亭》是关汉卿的杂剧作品，男女主角为大家闺秀王瑞兰与秀才蒋世隆，讲的是二人因封建门第观念的离合故事。

　　王瑞兰与蒋世隆在乱世中相遇，二人在逃亡过程中生出了感情，便私订终身，结为夫妻。王瑞兰父亲得知此事后，嫌弃蒋世隆只是一个穷秀才，便棒打鸳鸯，逼瑞兰离开蒋世隆，与他回家去。瑞兰与父亲回家后，心中一直放不下蒋世隆，整日焚香祷告，祈求世隆平安。后来，蒋世隆参加了科举考试，高中状元，得到了瑞兰父亲的认可，夫妻才终于团聚。

第四章　明清传奇剧名家名作

第一节　汤显祖与《牡丹亭》

【典籍溯源】

《牡丹亭梦》一出，家传户诵，几令《西厢》减价。

——沈德符《顾曲杂言》

　　《顾曲杂言》是明代沈德符的戏曲理论专著，书中主要对南北曲作家的作品、歌舞、小曲、乐器等进行了论述和评价，是一本极具参考价值的戏曲著作。

　　沈德符在《顾曲杂言》中称，《牡丹亭》问世后，《西厢记》顿时黯然失色。由于汤显祖的《牡丹亭》明显在艺术表现方面达到了登峰造极的地步，推出之后，便一举超过了王实甫的《西厢记》。

【戏曲文化】

　　汤显祖，字义仍，号海若、若士、清远道人，江西临川人，明代著名戏曲家、文学家，有"东方的莎士比亚"之美称。汤显祖出身于书香世家，受家庭氛围的影响，自幼就显现出傲人的文学天赋，古文诗词样样精通。

　　万历十一年（1583年），汤显祖考取了进士功名，先后担任过太常寺博士、詹事府主簿等官职。后因触怒权贵，遭受排挤，怒辞官职，归乡隐居。赋闲在家的时间，他开始专心从事诗词和戏剧的创作，逐渐打消了入仕的念头。

汤显祖在各个方面的文学成就都尤为显著，以戏剧成就最为突出，他的剧作被视为世界戏剧艺术的珍品，其代表作有《牡丹亭》《南柯记》《紫钗记》《邯郸记》（这四部剧被称作"临川四梦"）等。在这些作品中，又以《牡丹亭》最为家喻户晓。万历二十八年（1600年），汤显祖辞官回家，在自己的家乡江西临川闲居，因在生活中目睹了一些男女爱情的悲惨遭遇，从而激发了他的创作热情，他依据《杜丽娘暮色还魂》的小说，开始进行《牡丹亭》创作。

《牡丹亭》全名为《牡丹亭还魂记》，讲述了官家千金杜丽娘与书生柳梦梅之间刻骨铭心的爱情故事。

杜丽娘是南安太守杜宝的女儿，正处于情窦初开年纪的她十分貌美却又多愁善感。一日，杜父请了一位老儒生来给丽娘授课，当老先生讲解到《诗经》中的《关雎》一诗时，触动到了丽娘的情丝，让她对爱情产生了向往。数日后，丽娘外出踏春游玩，归家后深感困乏，回到房间后便沉沉地睡去。

杜丽娘做了一个特别真实的梦，梦中她邂逅了一位拿着柳枝的书生，来为她作诗，二人一见钟情，还约好下次在牡丹亭相见。醒来后，杜丽娘按照梦境的指示，来到了牡丹亭，却并未见到梦中的那位书生。梦中那位公子的音容笑貌，在杜丽娘的脑中挥之不去，夜夜的思恋，让丽娘害了心病，且茶饭不思。最终，杜丽娘在浓烈的相思之情下竟抱病死去。

此时，杜父升任淮扬安抚使，临上任前，他将女儿埋葬在后花园梅树下，并着人修了座"梅花庵观"，安排了一位老道姑看守。杜丽娘死后，她的灵魂来到了地府，判官发现她在人间还有未了的情缘，于是便放她重返人间。

杜丽娘梦中的那位拿着柳枝的公子终于出现了，此人正是柳梦梅。柳梦梅在进京赶考的路上感染了风寒，住进了梅花庵养病。病愈后，在梅花庵中邂逅了杜丽娘的魂魄，二人一见倾心。柳梦梅在老道姑的指点下，掘开了杜丽娘的坟墓，杜丽娘得以还魂，二人拜堂成亲，一同进京。

柳梦梅高中状元，带着杜丽娘成功认亲，并且成功得到了杜父的认可，一段死而复生的姻缘故事，最终以大团圆收尾。

《牡丹亭》极具浪漫主义色彩，汤显祖赋予了爱情足以超越生死的强大力量，这在封建社会中，对于那些不敢追求爱情的青年男女是极大的鼓舞。他将重点放在梦境，也就是精神世界的刻画上，让整部《牡丹亭》都呈现出一种光怪陆离、如梦似幻之感。

【知识延伸】

《南柯记》

《南柯记》是汤显祖笔下的"临川四梦"之一，汤显祖隐居临川之时写成。由于汤显祖早年饱受科举不第的辛酸与无奈，于是在隐居的最后两年，完成了《南柯记》的创作。

《南柯记》讲述的是淳于梦梦入槐安国成了南柯郡太守的故事。古代文人连做梦都想做官，可见科举考试对他们的荼毒之深。《南柯记》这一剧本所传达的就是"人生如梦"的道理，汤显祖之所以会借作品发出这样的慨叹，是他不顺遂的为官经历带给他的心声，也透露出他看透世事后的失望和无奈。

第二节　梁辰鱼与《浣纱记》

【典籍溯源】

　　自梁伯龙（梁辰鱼）出，始为工丽滥觞。盖其生嘉隆间，正七子雄长之会，词尚华靡。

——李调元《雨村曲话》

　　清代李调元在《雨村曲话》中对昆曲《浣纱记》的作者梁辰鱼进行了评价，他说梁辰鱼在行文时的语言藻丽华美，这与当时极为重视语言本色行当的"本色派"相差甚远，在当时极具代表性。梁辰鱼这种"华靡"的语言风格在《浣纱记》中被展现得淋漓尽致。

【戏曲文化】

　　梁辰鱼，字伯龙，号少白、仇池外史，明代戏曲家，师承"昆曲始祖"戏曲大家魏良辅，因此梁辰鱼也被视为利用昆腔来创作戏曲的创始者和权威。梁辰鱼的代表作品主要有《浣纱记》《红线女》《远游稿》《江东白苎》等，其中以《浣纱记》最为著名。

　　《浣纱记》取材于春秋时期吴国与越国的故事，从东汉文人赵晔的《吴越春秋》改编而来。梁辰鱼结合史实与传说，将吴越相争的故事描述得更加丰满。

　　梁辰鱼为什么会选择在明朝万历年间将春秋时期的故事写成戏剧呢？这和当时的社会现实有关。梁辰鱼身处嘉靖、万历时期，此时正是明朝由盛转衰的时期，南方沿海倭寇挑衅滋乱，北方少数民族鞑靼入侵，而朝廷内部宦官和内阁大臣又内讧不止，大明王朝已经日薄西山，岌岌可危，即将走向末路。

梁辰鱼看到了王朝的江河日下之势，也感知到了明朝的丧钟即将敲响，于是他依据当时的社会背景，创作了《浣纱记》这一伤世之作。为了避免引起明朝当政者的怀疑，他只能借古讽今。

《浣纱记》以越王勾践卧薪尝胆作为故事主体情节。春秋时期，吴越交战以越国失败告终，越王勾践和大臣范蠡被俘，成了吴国阶下之囚。范蠡为越王勾践献上一条计策，让其卧薪尝胆，积蓄力量，同时让自己的恋人——美丽的西施去勾引吴王夫差。吴王夫差最终没有逃过西施的美人计，沉溺美色，荒废政事，终是误国。勾践趁机回到越国，重整军队，率大军灭掉吴国。

这部剧中的每一个人物都有其存在的意义，其中囊括了决定国家兴衰与否的君主和臣子，吴王夫差和越王勾践是君主代表，如果可以像越王勾践那般忍辱负重，那便可兴国家；如果像吴王夫差那般沉溺美色，那便会亡国家。梁辰鱼是以"前车之鉴"，从侧面讽谏明朝统治者。

除圣明的君王外，贤达的臣子也是非常重要的。剧中的贤臣范蠡，是作者眼中一个丞相该有的样子。可是反观当时的明朝，可以说是奸臣当道，大奸相严嵩贪婪无度，残害忠良，统治者却不辨忠奸，对严嵩言听计从，这也致使明朝最终走向了灭亡。

再说到剧中的女性角色西施，她完全超越了"自古红颜多祸水"的说法。梁辰鱼赋予了西施勇于献身的爱国品质，在勾践灭掉吴国后，她也以英雄的身份受到勾践等人的"拜谢"。最终，范蠡与西施功成身退，隐于山水之间。

《浣纱记》的语言优美华丽，在戏剧文学研究方面有较高的价值。同时，《浣纱记》突破了明代传奇剧以生、旦为主的爱情故事，它在爱情的基础上，又糅入了政治与现实意义，这一点也为后世的传奇剧创作提供了重要的借鉴。

【知识延伸】

《红线女》

　　《红线女》是梁辰鱼的一部杂剧作品，依据唐代袁郊的文言小说《红线》改编而成。剧中的女主角名为红线，为潞州节度使薛嵩的婢女。一日，薛嵩听闻魏博节度使田承嗣想要吞并他的地盘，甚是忧虑。身怀武艺的红线自告奋勇，前往田承嗣府上警告。红线在夜晚单枪匹马闯入田府，盗走了田承嗣床头的金盒，并将其交给了薛嵩。田承嗣见此，便不敢再觊觎薛嵩的地盘。

　　红线虽为婢女，身份低微，但是其武艺超群、胆大心细，实为行走在暗夜中的女侠客，凭借智慧巧妙化解了一场即将发生的战争。明代祁彪佳曾评价此剧："秀婉犹不及梅叔《昆仑》剧，而工美之至，已几于金相玉质矣。"

第三节　洪昇与《长生殿》

【典籍溯源】

　　钱唐洪昇思异撰《长生殿》，为千百年来曲中巨擘。以绝好题目，作绝大文章，学人、才人，一齐俯首。

　　　　　　　　　　　　　　　　　　——梁廷楠《曲话》

　　《曲话》是清代梁廷楠的一本戏曲批评著作，由于梁廷楠号藤花亭主人，所以《曲话》也被称为《藤花亭曲话》。本书共有五卷，成书于道光五年（1825年），书中详列了元明清杂剧作家的作品，介绍了辞藻、结构、音律和戏曲掌故等内容。

　　梁廷楠认为洪昇创作的《长生殿》为千百年来的"曲中巨擘"，这部作品描情之细腻，述事之宏伟，是诸多戏曲中的精品。

【戏曲文化】

　　洪昇，字昉思，号稗畦，又号稗村、南屏樵者，清代戏曲家、诗人。洪昇出生在一个官宦世家中，自小将求取功名奉为理想，但他仕途极为不顺，历经二十年科举都没有考中进士，终身未入仕途。仕途不顺的洪昇转而将自己的热情投入戏曲创作中，写出了《长生殿》《回文锦》《回龙记》等戏剧剧本。

　　洪昇最具代表性的作品便是《长生殿》，共分为两卷，于康熙二十七年（1688年）定稿。《长生殿》讲的是杨贵妃与唐明皇的爱情悲剧，洪昇在创作时借鉴了元剧《唐明皇秋夜梧桐雨》，并在此基础上将李、杨二人的爱情做了升华。

唐玄宗自登基之后，励精图治，缔造了开元盛世。随着国力日益强盛，玄宗不禁自满，开始纵情声色，下令选妃，才貌双全的杨玉环被唐玄宗相中，册封为贵妃。唐玄宗自此开始沉溺在温柔乡中，荒废朝政，对贵妃的话言听计从，重用杨氏一族，将杨贵妃的兄长杨国忠封为了宰相。

唐玄宗对杨贵妃极为宠爱，整日沉溺美色，信任奸臣，大唐开始由盛转衰，老百姓的日子也越来越难过。

手握重兵的安禄山看出唐朝已衰败，便决定举兵造反。安逸惯了的唐兵，面对凶悍的安禄山叛军就像以蝼蚁抵抗猛兽一般，或溃散逃跑，或缴械投降。唐玄宗在一众将士的保护下，携杨贵妃、杨国忠等人仓皇往蜀地逃去。在逃亡途中，将士们将国家衰亡归咎于杨氏兄妹，陈元礼发动"军变"，迫使玄宗斩杀杨国忠，赐死杨贵妃。随着杨贵妃自缢于佛堂，摇摇欲坠的李唐江山这才获得一线转机。

《长生殿》是一部时代悲剧。唐玄宗李隆基对"安史之乱"负有不可推卸的责任，但他与杨贵妃之间的爱情悲剧，却也让他的境遇多了一丝可悲可怜。李、杨二人的爱情悲剧是时代悲剧的产物，而时代悲剧又铸就了二人的爱情悲剧。这两种悲剧相互纠葛，让整部剧作变得可歌可叹。这便是洪昇处理传奇剧的高明之处。

李、杨的爱情悲剧是一方面，洪昇还突出表现了那个时代老百姓的悲剧。唐玄宗沉迷声色，为了满足杨贵妃的口腹之欲，他下令快马飞送荔枝。快马践踏庄稼，撞死撞伤行人，将荔枝送到国都。老百姓"叫天天不应，叫地地不灵"，而李、杨二人却深情款款，享受着新鲜饱满的荔枝。可见，李、杨二人之间的爱情再悲，也不如处在水深火热中的百姓悲惨。

数百年来，《长生殿》一直被应用于戏曲舞台上。时至今日，这部戏剧仍被改编成各种影视作品，活跃在荧幕上。

【知识延伸】

成也《长生殿》，败也《长生殿》

洪昇作为清朝时期的戏剧家，因《长生殿》被后人铭记，成为一代名家。虽然洪昇因《长生殿》留名青史，但《长生殿》的大火也为他带来了一些负面影响。

《长生殿》对洪昇最大的影响便是断送了自己的仕途。康熙二十八年（1689年），因在孝懿皇后忌日当天演出《长生殿》，洪昇被弹劾下狱，他的诸位好友也被牵连，后世因此对其有"可怜一曲《长生殿》，断送功名到白头"之叹。

洪昇的晚年生活过得极为凄苦。康熙四十三年（1704年），洪昇受好友曹寅邀请，到南京去观赏《长生殿》，事后坐船返回杭州，因醉酒失足落水而死。洪昇的成名和离世都与《长生殿》相关，他的一生用"成也《长生殿》，败也《长生殿》"来形容，是再合适不过的了。

第四节　孔尚任与《桃花扇》

【典籍溯源】

　　《桃花扇》以《余韵》折作结，曲终人杳，江上峰青，留有

余不尽之意于烟波缥缈间，脱尽团圆俗套。

——梁廷楠《曲话》

　　梁廷楠认为，《桃花扇》的特别之处就在于在结尾处增加了《余韵》
一出。孔尚任增加的《余韵》，既起到了收束剧情的作用，又留有余韵，
给予读者想象的空间，令人意犹未尽。不得不说，孔尚任这样的安排可谓
是别出心裁。

【戏曲文化】

　　孔尚任，字聘之，又字季重，号东塘（也称东堂），别号岸堂，自称
云亭山人。孔尚任是山东曲阜人，孔子的第六十四代孙，清朝初期著名的
诗人、戏曲家。他继承了儒家的传统思想，世人将他与洪昇称作"南洪北
孔"，可见其作品之优秀。

　　孔尚任最为人称颂的作品莫过于《桃花扇》，这部作品写的是明朝末
年发生在南京的故事，全篇以侯方域与李香君的爱情故事为主线，再将明
代末年的历史穿插于其中，以儿女之情书写朝代兴亡之感是这本著作的典
型特征。

　　侯方域为"明末四公子"之一，他于崇祯末年（1644年）进京赶考，

经朋友杨龙友的介绍认识了南京秣陵教坊名妓李香君。侯方域与李香君相识后，很快便坠入爱河。在订婚之日，侯方域将题诗扇作为二人的定情信物赠予李香君，而这把题诗扇便是贯穿全文的桃花扇。

为什么这把扇子被称为桃花扇呢？明末李自成占领北京后，马士英、阮大铖等人拥立福王称帝建立了弘光小朝廷。侯方域被阮大铖诬陷，被迫离开南京，与李香君分隔两地。而后，阮大铖等人又逼迫李香君嫁给漕抚田仰，李香君宁死不从，以头撞桌角，血溅定情诗扇，侯方域好友杨龙友将扇面的血迹略加修饰，加工为朵朵桃花，这便是桃花扇的由来。

李香君托苏昆生将桃花扇带给侯方域，侯方域放不下香君，便悄悄回了南京。刚进城，侯方域便被阮大铖逮捕入狱，直到清军渡江，侯方域才从狱中被放出。

最终侯、李二人"双双悟道"结局，而二人做出这样选择是因为大明已亡，国家易主，面对黑暗的社会现实和国破家亡的悲痛，他们不可能实现儿女私情的美满，便以"悟道"表明自己绝不归降于清廷的态度。孔尚任巧妙地将这段爱情悲剧与明朝的兴亡结合在了一起，这也是这部作品最大的特色。

李香君作为书中的女主角，有着勇敢、善良、不畏强权、对国家忠贞不二的性格特征，从她被逼再嫁"碎首淋漓不肯辱于权奸"的反抗，我们可以看出她对于马士英、阮大铖等权奸之人的憎恶。

侯方域是《桃花扇》中的男主角，他是复社文人的代表人物，复社指的是标榜文学复古的一个文人团体。侯方域对于国家危机的态度，代表的就是当时一众文人的态度。侯方域在与权奸派的斗争中，在政治上确实有进步的一面，但从他在国家存亡之际仍流连烟花柳巷来看，他的政治立场又是不坚定的。

《桃花扇》是孔尚任历经十余年才完成的巨作，其中的大多数人物在历史上都可以找到原型，这部作品可以说是最接近真实历史的剧作，对后世文学创作的影响极大。

【知识延伸】

孔尚任的散文成就

孔尚任在散文方面成就极高，清人王源在《居业堂文集》中评价：
"以文章博雅重于朝，羽仪当世，而孜孜好士不倦。"孔尚任的散文主要
有序跋、方志、谱牒、书札以及少量山水游记。

孔尚任共有序跋三十三篇，所谓序跋即为诗文作序，代表作品有《酣
渔诗序》《长留集序》等。他一生还修过三部方志，分别是《阙里新志》
《平阳府志》《莱州府志》。

此外，他还纂修过家谱，《康熙癸亥重修孔子世家谱》就是孔尚任负
责纂修的。孔尚任平时还会写一些书札，或悼念友人，或评价人物，或询
问亲友近况，内容丰富。

第五节　李渔与《风筝误》

【典籍溯源】

> 最著者词曲，其意中亦无所谓高则诚、王实甫也。有《十种曲》盛行于世。当时李卓吾、陈仲醇名最噪，得笠翁为三矣。
>
> ——程子鏊、徐用检《兰溪县志》

《兰溪县志》是明代程子鏊修、徐用检撰的一本浙江地方志，二人都和"兰溪"有关联，程子鏊考中进士后，曾担任兰溪县令；徐用检则是土生土长的兰溪人，所以二人一起合著了这本书。此书共九卷，历时两年编修而成。

《兰溪县志》中认为李渔是可以与李贽、陈继儒齐名的学者，李渔认可"性灵说"，对于李贽"异端"的思想有所继承和发展，对这一历史时期的文学发展产生了一定的影响。

【戏曲文化】

李渔，原名仙侣，后改名渔，字笠鸿，号笠翁，明末清初文学家、戏剧家，素有"才子"之誉。李渔自幼聪颖，极擅长文学，他无心仕途，便开设书铺，专心著述戏剧，《风筝误》便是李渔的代表作。

《风筝误》共三十出，于顺治十年（1653年）完成，写的是风流才子韩琦仲与富贵公子戚友先，因风筝与詹家二女结缘的故事。

《风筝误》讲述的是因风筝引发一系列的误会，最终成就了两段天作之合的爱情佳话。极具才情的书生韩琦仲在风筝上提了一首诗，但这个风筝却被胸无点墨的戚友先拿去放，结果不慎落入了詹烈侯的院子中，被才貌双全的詹家小姐詹淑娟拾得。她见风筝上有一首诗，于是便诗兴大发，又依韵在风筝上回了一首诗。

风筝被戚家家童索回后，韩琦仲对詹家小姐写的诗赞不绝口，对她萌生了爱意。于是，他便又在风筝上题了一首诗，效仿戚友先到詹府墙外去放风筝，谁知这次风筝却被詹家另一位小姐詹爱娟拾到，于是爱娟代替淑娟来与韩琦仲相会，韩琦仲见爱娟貌丑，最后落荒而逃。

后来，韩琦仲参加了科举考试，并且高中状元，碰巧在詹烈侯手下做事，詹淑娟欣赏其才貌，并游说父亲为她做媒，想要嫁与韩琦仲为妻。韩琦仲却以为詹烈侯让他娶的人是詹爱娟，心里虽不情愿，但也碍于权势屈从，直到洞房花烛夜那天，才发现原来自己所娶之人正是自己曾经爱慕的淑娟。两位有情人虽因为一个风筝历经种种误会，但最终也是收获了皆大欢喜的结果。

《风筝误》将李渔的婚恋观念以啼笑皆非的喜剧故事表现出来，李渔为封建社会的男女婚恋设置了两道枷锁：一为门当户对，二为才貌相当，以展现他们在婚恋方面的纠葛。这种"门当户对"与"才貌相当"的纠结，在男主角韩琦仲的身上展现得淋漓尽致。

《风筝误》的艺术特色十分鲜明，整个故事以风筝为线索，引起一串巧合与误会。首先，戚友先放的风筝，却是韩琦仲提的诗；其次，风筝第一次落入淑娟院子，第二次却落入爱娟院子；再次，韩琦仲将爱娟当成淑娟，爱娟将韩琦仲当作戚友先；最后，爱娟嫁给了戚友先，韩琦仲得以迎娶淑娟，皆大欢喜。

作为喜剧，《风筝误》的结局自然是"有情人终成眷属"的，但作者并没有为此做太多铺垫，整个戏剧的气氛基调都是轻松自在的。

时至今日，《风筝误》仍是人们津津乐道的戏剧之一。难怪人说，李渔的"十种曲"中，唯有《风筝误》最脍炙人口。

【知识延伸】

《笠翁十种曲》

《笠翁十种曲》是李渔的一部喜剧集，其中有《奈何天》《比目鱼》《怜香伴》等十个剧本，《风筝误》也选自其中，是最为脍炙人口的一篇。李渔所创作的剧本大多情节曲折、语言通俗，无论是在士大夫阶层还是民间都颇受欢迎。

《笠翁十种曲》以思想解放为核心，以对抗封建礼教为目的，它有着独特的文学价值。但作为一部喜剧集，它的格调并不高，只是一种以娱乐为目的的文学著作，书中通过误会、巧合、错认、弄巧成拙等喜剧手法来表现故事，为后世的喜剧创作提供了一定的经验。

第五章　多姿多彩的现代地方戏

第一节　华北、东北地区戏剧

【典籍溯源】

　　而安庆色艺最优，盖于本地乱弹，故本地乱弹间有聘之入班者。京腔用汤锣不用金锣，秦腔用月琴不用琵琶。京腔本以宜庆、萃庆、集庆为上。

——李斗《扬州画舫录》

　　《扬州画舫录》为清代李斗所写的一本记载扬州当地园亭景观和风土人物的笔记集，其中有大量的戏曲资料。

　　我国的国粹京剧脱胎于徽剧，徽剧起源于安徽一带。明末清初，安徽一带商业发展，在一众徽商的支持下，徽班勃然兴起，为清代戏曲的繁荣创造了条件。清乾隆五十五年（1790年），一直在南方演出的三庆、四喜、春台、和春四大徽班进京，它们在吸收了汉调、秦腔、昆曲曲调和表演方法的基础上，逐渐形成了一种新的戏曲——京调。到清末民初时，才正式改称"京剧"。

【戏曲文化】

　　如今地方戏曲异彩纷呈，戏曲种类繁多，在华北和东北地区的戏种主要有京剧、河北梆子、皮影戏等。

京剧与武术、书法、医学并称为中国"四大国粹"，是我国最具影响力的戏种。京剧形成于道光二十年（1840年）至咸丰十年（1860年）间，在这一时期，京剧曲调日益丰富、行当大致完备，并且形成了一批京剧剧目并出现了程长庚、余三胜等京剧代表人物。

1927年，梅兰芳、尚小云、程砚秋、荀慧生"四大名旦"的出现，标志着京剧进入了鼎盛期。四大名旦的表演风格各异，梅兰芳端庄典雅，尚小云俏丽刚健，程砚秋深沉委婉，荀慧生娇昵柔媚。

四大名旦中的"旦"指的是旦角，为京剧的行当之一。京剧有四大行当，分别是生、旦、净、丑。生行主要指扮演男性角色，其中主要包括老生、小生、武生、娃娃生等。旦行多指扮演女性角色，根据年龄、职业等可划分为青衣（正旦）、花旦、武旦、刀马旦、老旦、花衫等。净行也称作大花脸，分为正净、副净和武净三类。丑行因扮演喜剧角色，所以会在鼻子上抹一块白粉，因此又叫小花脸或三花脸，分文武两类。

除了京剧外，河北梆子也是华北、东北地区的著名戏曲，它形成于清朝道光年间，属于中国梆子声腔的一个重要支脉。河北梆子通常以历史为题材，反映现实，具有明朗、华丽、委婉的艺术特色，流行于河北、天津、北京等地区。

河北梆子只有生、旦、丑三行。但是，每种行当都有自己特色。属于旦行的花旦、彩旦、刀马旦都用青衣的唱腔；生行中无论小生还是武生，都使用老生的唱腔；丑行有一套自成体系的唱腔，为河北梆子增添了独特的魅力。

皮影戏又称"影子戏"或"灯影戏"，是一种用纸片、兽皮、绵帛等材料制成人物剪影，并借用幕布和灯光进行表演的地方戏剧，流行于河南、山西、陕西等地区。

皮影戏历史悠久，关于皮影戏的历史记载最早出现于《汉书》李夫人和汉武帝的爱情故事。汉武帝的宠妃李夫人因病去世，汉武帝日日思念，无心国事。毕竟国不可一日无君，汉武帝这种状态，把一众臣子都急坏了。一日，一位名叫李少翁的大臣，在街边看到孩童拿着布娃娃在玩耍，于是灵机一动，用棉帛做成了李夫人的剪影，再涂上色彩，在夜晚打上烛光，请汉武帝在帐中观看。汉武帝大喜，从此对这个小玩意爱不释手，经常在晚上观看。

皮影戏是一种深受大众喜欢的戏曲，表演时，皮影戏演员们在白色幕布后面用手和竹竿操纵影人，在音乐声中讲述各种故事，表演极为有趣，流行范围也极广。时至今日，皮影戏在很多地方依旧流传。

【知识延伸】

评剧

评剧是流行于华北、东北地区的剧种，又称"落子戏""蹦蹦戏"，为中国五大戏曲剧种之一，早期在河北农村流行。直到1920年，评剧涌入东北地区，并出现了一批女性评剧演员，这些演员在全国产生了巨大影响。

1930年后，评剧在京剧和河北梆子等剧种的影响下，发展迅速，出现了李金顺、白玉霜、刘翠霞等流派。1950年后，则出现了诸如《小女婿》《刘巧儿》等一批优秀剧目。

评剧分为"东路评剧"与"西路评剧""东路评剧"流行于华北、东北地区，且在南方也有广泛的观众基础；"西路评剧"是在东路评剧梆子的影响下形成的，又叫"北京蹦蹦"，别具风格。

第二节　华东地区戏剧

【典籍溯源】

　　　　元朝有顾坚者，虽离昆山三十里，居千墩（今千灯镇），精
　　　于南辞，善作古赋。扩廓帖木儿闻其善歌，屡招不屈。善发南曲
　　　之奥，故国初有"昆山腔"之称。

　　　　　　　　　　　　　　　　　　　　——魏良辅《南词引正》

　　《南词引正》是"昆曲始祖"魏良辅所撰写的戏曲演唱论著，全书
总结了昆曲的演唱规律，包括学唱、唱法以及听曲等。除此之外，书中还
有戏曲声腔史、戏曲音律、南北曲异同以及对于一些作家作品的评论等内
容。这本书对于后世研究戏曲，具有重要的史料价值和理论价值。

　　昆曲早期被称作南曲，也有"昆山腔"之称，魏良辅在《南词引正》
中提到昆曲发源于江苏昆山，创始人为顾坚。昆曲早在元朝末年已经产
生，是我国最古老的戏种之一。

【戏曲文化】

　　华东地区的戏剧主要有越剧、昆曲、凤阳花鼓戏等。

　　越剧起源于浙江绍兴嵊州的"落地唱书"，是当地的一种说唱形式，
经过后世的加工和发展，慢慢演变成了一种戏曲形式，逐步发展壮大，如
今主要流行于上海、浙江、江苏、福建等地。

　　越剧是中国第二大剧种，有"第二国剧"之称，形成前期有多种称

呼，比如"女子科班""草台班戏""小歌班""绍兴戏"等，直到1925年9月17日，才正式被称为"越剧"。越剧的题材以"才子佳人"为主，擅长抒情，以唱为主，曲调婉转，优美动听。这种唯美柔婉的唱腔正是江南地区灵秀之气的体现。

越剧主要以"声音"来表现舞台，这个声音指的不仅仅是演员的唱腔，也包含了一些声音绝活儿，通过各式各样的乐器来表现，比如人们会用胡琴拉出开、关门声，或是用唢呐吹出马嘶声、婴孩啼哭声，用小锣打出水波声等。戏曲演员的"唱"加上"声音绝活儿"，构成了独特的越剧舞台表演。

昆曲是我国远近闻名的剧种。昆曲原名"昆腔"，别名"昆剧"，又被称作"昆山腔"。早在元朝末年，昆曲就已经出现在苏州、昆山一带。刚开始，昆曲只是民间的清曲小调，在苏州一带崭露头角。后来，昆曲以苏州为中心，逐渐扩展到长江以南、钱塘江以北的各个地区。明朝万历末年，昆曲进入北京，发展日益繁荣。

在戏剧这座"百花园"中，昆曲有"兰花"之称，一直是我国传统文化艺术中的瑰宝。文学史上的名作都演变成为昆曲剧本，例如《牡丹亭》《长生殿》《桃花扇》等，都是昆曲中的不朽之作。

昆曲将唱、念、做、打、舞、武糅合在一起，形成了一种独特的戏曲表演艺术，以行腔婉转、曲词优美、表演细腻为优势，历经多年发展，经久不衰，如今依旧活跃于江苏、上海、浙江等地。很多剧种在形成发展的过程中，都汲取了昆曲中的精华，因此，昆曲又有"百戏之祖"之称。

华东地区较为出彩的地方戏剧还有凤阳花鼓戏，其与凤阳花鼓和花鼓灯并称"凤阳三花"，是安徽省独具特色的地方戏剧，因起源于凤阳县而得名。

凤阳花鼓戏最初是在山歌、号子的基础上形成的一种特殊曲调。后来，它在吸收了各种外来戏剧精华的基础上，逐渐演变成我们今天看到的凤阳花鼓戏。民国初期，凤阳花鼓戏进入全盛时期，凤阳花鼓戏艺人辈出，如陈广仁、李西、乔成、顾怀功等。

由于凤阳花鼓戏是在农村地区发展起来的，所以大多比较生活化，诸如《东回龙》《西回龙》《小隔帘》等都是凤阳花鼓戏常演的剧目。

【知识延伸】

采茶戏

采茶戏是华东地区的一种戏剧，它流行于江西、湖北、湖南、安徽、福建、广东、广西等地。根据地域划分，采茶戏可分为"粤北采茶戏""赣南采茶戏""闽北采茶戏""闽西采茶戏"等。

采茶戏顾名思义，是与采茶有关的戏曲。明清时期，赣南、赣东、赣北地区每到茶季，就需要妇女们上山采茶。妇女们在采茶时会唱山歌，以此相互鼓励，苦中作乐。这种在茶区流传的歌被称作采茶歌，而采茶戏也由此发展而来。

第三节　中南地区戏剧

【典籍溯源】

> 邑境西南，与黄梅接壤，梅俗好演采茶小戏，亦称黄梅戏。
>
> ——《宿松县志》

　　《宿松县志》是记录宿松县自然地理、人文风俗的地方志书，主要记载了公元前164年到1985年间宿松县的发展变化。全书共二十六卷，一百一十三章，从宿松县的建置沿革，一直介绍到当地的方言、人物，内容广博，是了解当地历史文化发展的重要读物。

　　《宿松县志》中提到的黄梅地区的采茶小戏，正是传统的"黄梅戏"，是黄梅地区人们在采茶时所歌唱的戏曲。

【戏曲文化】

　　在我国中南地区的代表剧种主要有豫剧、粤剧、黄梅戏等。

　　豫剧为我国五大剧种之一，与京剧和越剧并称为中国戏曲三鼎甲，至今已有上百年的历史。豫剧起源于河南开封，是从河南梆子的基础上发展而来的，中华人民共和国成立后河南省的简称为"豫"，故得名"豫剧"。

　　清代乾隆年间，在河南一带就已经开始流行梆子戏。据《重修明皇宫碑记》中记载："旧造明皇宫一座，附修殿廊房屋，遗迹尚存，闻为当年演戏各班社祈祷宴会之所，代远年湮，亦不知创自何时。于道光年间祥工决口，庙宇冲塌，片瓦无存。"这里的明皇宫指的是建于河南省开封市朱仙镇的一处戏曲艺人的敬神散福之处，于道光年间被毁坏。据此可知，在道光之前，河南梆子就已经存在了。

豫剧在河南梆子的基础上，借鉴昆腔、皮黄、吹腔等演唱艺术，吸收河南民间的一些音乐、说唱和俗曲，逐步形成了丰富细腻、乡土气息浓厚的特色戏剧。豫剧的行当同样分为"生""旦""净""丑"，但其有固定的角色搭配，一出豫剧的演员配置大体上要按照"四生四旦四花脸，四兵四将四丫鬟；八个场面两箱官，外加四个杂役"组成。

中南地区的另一特色剧种为粤剧，又称"广东大戏"，发源于广东佛山，以广东方言进行演唱，是广东地区的主要剧种。

粤剧是在南戏分支海盐腔、弋阳腔、昆山腔等诸腔的基础上，吸收了当地民间音乐的精华，逐渐形成的。粤剧演员同样通过"唱、做、念、打"四种表演技艺来演绎戏曲。

"唱"指的是"唱功"。粤剧表演中，不同的角色有着不同的演唱方式。粤剧演员的演唱方式分为平喉（平时说话的强调）及子喉（比平喉高八度），男性角色演出使用平喉，而女性角色演出通常使用子喉。

"做"即"做功"，指的是身段或是身体表演。走位、台步、身段、手势、水袖、关目、做手、须功、水发、翎子功、传统功架和抽象表演等都属于"做功"。

"念"即"念白"，也就是把台词念出来。戏剧演员通过念白来交代故事情节、表达思想感情。粤剧念白早期使用的是"戏棚官话"。到了民国早期，演出语言才变成了粤语。

"打"指的是一系列动作戏，主要包括水发、舞水袖、玩扇子、耍棍挥棒、舞刀弄枪、舞动旗帜等。值得一提的是，粤剧经常将武功搬到舞台上，以武技入戏是它的一大特色。

粤剧早期行当较多，有生、旦、净、末、丑、外、小夫等十大行当，后来精简为文武生、小生、正印花旦、二帮花旦、丑生、武生六大类。粤剧不仅深受广东、广西人的喜爱，在澳门、台湾等地区也很流行，而且还一度走出国门，在美国、加拿大、澳大利亚等地演出。

【知识延伸】

黄梅戏

黄梅戏为我国中南地区的代表戏剧，有"黄梅调"之称，为中国五大戏曲之一。早期的黄梅戏只有歌曲，类似采茶歌。后来，黄梅戏加入了故事情节，演变成了"二小戏""三小戏"。随着黄梅戏的发展壮大，行当也越来越细化，有了青衣、正生、小旦、小生、丑角、老旦、奶生、花脸等行当。

到了民国时期，黄梅戏的行当被分为"上四脚"和"下四脚"。所谓"上四脚"，指的是青衣（正旦）、白须（老生）、黑须（正生）、花脸；"下四脚"指的是小生、花旦、老旦、丑角。

第四节　西南地区戏剧

【典籍溯源】

　　　　松赞干布在颁发《十善法典》时举行的庆祝会上，"令戴面
　　具，歌舞跳跃，或饰犛牛，或狮或虎，鼓舞曼舞，依次献技。奏
　　大天鼓，弹奏琵琶，还击饶钹，管弦诸乐……如意美妙，十六
　　少女，装饰巧丽，持诸鲜花，酣歌曼舞，尽情欢娱……驰马竞
　　赛……至上法鼓，竭力密敲。"

　　　　　　　　　　　　　　　　——索南坚赞《西藏王统记》

　　《西藏王统记》是由索南坚赞所著的一部介绍吐蕃历史的著作，成书
于1388年，原书共十八章，其中叙述松赞干布的内容达七章之多。

　　在《西藏王统记》中，索南坚赞记载了松赞干布在颁发《十善法典》
庆祝会上的戏剧表演活动，这种戴着面具"歌舞跳跃"的戏剧表演，正是
传统藏戏的主要特征。

【戏曲文化】

　　我国西南地区戏剧独具特色，代表剧种主要有川剧、白剧、藏戏等。

　　川剧是一种流行于我国四川、重庆、云南、贵州一带的戏剧，是融合
了高腔、昆曲、胡琴等声腔艺术的精华，逐步发展起来的一种戏剧。

　　川剧在唐代被称作"川戏"，直到清末民初，才有了川剧这一称呼。
提到川戏，还有一段不得不说的故事。唐宪宗元和元年（806年），有一

个名叫刘辟的贪官，在蜀地任职。刘辟在当地肆无忌惮地搜刮民脂民膏，俨然一副"土皇帝"的嘴脸，蜀地百姓怨声载道，苦不堪言。

蜀地的戏曲艺人们为了声讨刘辟，便将刘辟的所作所为编成了《刘辟责买》的故事，进行排练。这出戏排熟练后，却一直未能获得演出的机会。后来，刘辟起兵谋反，这出戏才终于获得了公开演出的机会。

蜀地百姓极爱看川戏，大家看了《刘辟责买》后，便开始讨伐刘辟。后来，这个戏曲渐渐传到了皇帝的耳朵中，他竟认为此戏是"明讽刘辟，暗讽朝廷"，于是下令将所有参与的演员毒打了一顿，并将这些人充了军。这些演员蒙冤受罚，心中极为愤愤不平，这也为后期的反唐起义埋下了伏笔。川剧在唐代极有影响力，甚至一度出现了"蜀戏冠天下"的局面。

白剧是云南省大理白族自治州的传统地方剧种。在明代洪武年间，明军占领大理，将一大批汉人迁至这里，汉族戏曲吹吹腔戏和大本曲剧也传入了大理，在融合地方民间艺术的基础上，渐渐形成了白剧。白剧唱腔古朴，表演精炼，深受白族人民的喜爱，每逢重大节日，当地的群众总要演唱白剧助兴。

演员在表演白剧时，通常会用白语和汉语。音乐也是白剧表演必不可少的组成，分为"唱腔音乐"和"伴奏曲谱"两部分。所谓"唱腔音乐"，指的是白剧吸收、改编的民间乐曲；所谓"伴奏曲谱"，指的则是用唢呐、三弦等吹打乐器演奏的乐曲。

藏戏是藏族戏剧的泛称，藏语为"阿吉拉姆"，意为"仙女姐妹"。据说藏戏最初是由七姐妹演出的，而且内容多为佛经中的神话故事。

我们今天看到的藏戏，是17世纪从寺院宗教仪式中分离出来的戏剧。藏戏以唱为主，后期又加入了诵、舞、表、白和技，这些表演方式也让藏戏的内容变得更加丰富。

最具特色的藏戏当数"蓝面具藏戏"，它的演出分为三个部分：第一个部分为"顿"，主要表演各种歌舞（主要为祭神歌舞）；第二个部分为

"雄"，主要表演正戏；第三个部分为"扎西"，主要是祝愿吉祥如意。藏戏的整场演出只有一套衣服，并且演员不需要化妆，主要是戴着面具进行表演。

【知识延伸】

侗戏

侗戏也是西南地区的代表剧种，它起源于清代嘉庆至道光年间，由贵州侗族歌师吴文彩首创。侗戏全部用侗语对白演唱，很有地方特色。对白与音乐配合，显得朗朗上口，轻松明快，很能引起侗族观众的共鸣。

侗戏的主要曲调有两种：一种是平板，意思是普通声调，一般用于叙事；另一种是哀腔，又被称作泪调、哭调。侗戏的乐队包括管弦乐和打击乐，管弦乐器有二胡、月琴、扬琴、竹笛、侗琵琶、芦笙、牛腿琴；打击乐器则有小鼓、小锣、小钹等。

第五节 西北地区戏剧

【典籍溯源】

> 俗传钱氏缀百裘外集，有秦腔。始于陕西，以梆为板，月琴
> 应之，亦有紧慢，俗呼梆子腔，蜀谓之乱弹。
>
> ——李调元《雨村剧话》

《雨村剧话》是清代李调元撰写的一部戏曲类著作，分为上、下两卷，上卷主要写戏曲制度的历史发展，下卷主要写戏曲故事，其中还记载了弋阳腔、秦腔、吹腔、女儿腔等多种地方剧种。

《雨村剧话》认为秦腔产生于陕西，俗称"梆子腔"或是"乱弹"。在中国戏曲声腔中，很多剧种都以"乱弹"命名，如河北乱弹、温州乱弹等，后来更多人愿意将"乱弹"作为秦腔和各类梆子腔的总称。

【戏曲文化】

在我国西北地区，也有一些有地方特色的戏剧，主要有秦腔、曲子戏等。

秦腔是我国最古老的戏剧之一，起源于古代陕西、甘肃一带的民族歌舞，因战国时期，陕甘地区隶属于秦国，所以被称作"秦腔"。由于最开始表演时是用枣木梆子作为击节乐器，所以秦腔又有"梆子腔"之称。

秦腔自形成后，分为东西两路，西路进入四川，与当地的灯戏、高腔相互融合，逐步形成了独具特色的四川梆子；东路分别进入了山西、河

南、河北，对当地的地方戏产生了影响。

清朝时期，秦腔已经发展得极为繁荣，特别是在清朝的乾隆年间，全国各地都开设了许多秦腔班社，每一家班社中都有一批有影响力的戏剧演员。此外，还有许多关于秦腔的戏曲专著涌现，例如严长明《秦云撷英小谱》、吴长元《燕兰小谱》等。秦腔在乾隆、嘉庆年间的演出也是盛况空前，至清朝末年，曾风靡全国的秦腔热度日益减退，成了流行于西北一带的地方剧种。

曲子戏是盛行于甘肃省敦煌市、白银市以及华亭县的一种地方传统戏曲，起源于明清时期的民间俗曲，随后在不同地区形成了风格迥异的地方小戏。曲子戏主要分为白银曲子戏、敦煌曲子戏、华亭曲子戏以及新疆曲子戏等。

白银曲子戏发端于甘肃省白银市，以《西厢调》小曲为代表，这首小曲为清代举人张海润在国子监读书期间，依托《西厢记》的内容，再根据当地人的生活习惯和业余爱好创作而成的。

敦煌曲子戏是指发源于甘肃敦煌的戏曲，主要由剧本、曲调、曲牌三部分构成，表演形式有彩唱和清唱两种，代表剧目有《老换少》《顶灯》《打懒婆》等。

华庭曲子戏在当地又有"笑摊""小曲子"之称，源于宋元时期，鼎盛于明清，剧目大多为情节简单的折子戏，并且只在婚丧庙会时演出。

新疆曲子戏俗称"小曲子"，是新疆唯一使用汉族语言演出的戏曲，在乌鲁木齐、昌吉、米泉等地较为流行。

曲子戏有着主题集中、短小精悍的特点，剧目多为折子戏，而且演出场所不受限制，无论是街头巷尾还是大官宅邸，都可以随时随地上演。曲子戏的剧本除了有小部分是源于秦腔等大戏的片段外，大多数都是取材于真实生活，极具生活气息，因此广受人民大众的喜爱。

【知识延伸】

踩堂戏

西北地区的剧种除了秦腔和曲子戏外，还有在重庆以及湖北土家族聚居地流行的踩堂戏。踩堂戏，又称为土家踩堂戏、人大戏等，是一种地方特色戏，大多为土家族自编自创，极具民间色彩和生活气息。

踩堂戏的历史极为悠久，可追溯到唐朝时期，因此又有"唐戏"之称，后来在借鉴了皮影戏和"三步戏"后，逐渐演变为今日的踩堂戏。踩堂戏有着幽默诙谐、通俗易懂的风格，剧目大多为生活小品，易为大众所接受。

参考文献

[1]　傅斯年.诗经讲义稿[M].北京：民主与建设出版社，2015.

[2]　王国维.人间词话[M].上海：上海三联书店，2013.

[3]　赵翼.瓯北诗话[M].江守义，李成玉，校注.北京：人民出版社，2013.

[4]　俞平伯等.唐诗鉴赏辞典[M].新一版.上海：上海辞书出版社，2013.

[5]　刘歆.西京杂记校注[M].葛洪.辑.周天游，校注.北京：中华书局，2021.

[6]　刘熙载.艺概[M].北京：朝华出版社，2018.

[7]　万献初，刘会龙.说文解字十二讲[M].北京：中华书局，2019.

[8]　李白.[M].王琦，注.北京：中华书局，2015.

[9]　侯磊.唐诗中的大唐[M].北京：石油工业出版社，2019.

[10]　俞平伯.唐诗鉴赏辞典[M].上海：上海辞书出版社，2013.

[11]　俞平伯.唐宋词选释[M].北京：人民文学出版社，2020.

[12]　霍旭东.历代辞赋鉴赏辞典[M].北京：商务印书馆国际有限公司，2011.

[13]　宁展.画说宋词三百首[M].长沙：湖南人民出版社，2012.

[14]　付泽新,赵峰.诗词歌赋[M].太原：山西教育出版社，2015.

[15]　李渔.闲情偶寄[M].南京：江苏凤凰文艺出版社，2020.